The Turn of the Screw

Henry James

螺丝在拧紧

陕西新华出版
太白文艺出版社·西安

[英]亨利·詹姆斯——著　邹海仑——译

果麦文化 出品

我仿佛看到了一座住着玫瑰色精灵的童话城堡，闪烁着种种故事书和童话的斑斓光彩，似乎正是为了让孩子们驰骋想象力而存在。

他们宛如盛开的花朵,生机盎然,幸福洋溢,我就像照顾着两位小贵族,血统纯正的小王子和小公主。

他笔直地站在离这座府邸较远的拐角,双手扶着塔楼的边缘,那一幕我终生难忘。

一个穿黑衣的女人……就在湖对岸,我和孩子正在那儿安安静静地做游戏,她就那么来了。

我们久久对视，距离近在咫尺，周围一片死寂。

站在草坪上的——当我把他认出来时,心里难受极了——竟然是可怜的小迈尔斯。

弗罗拉目光坦诚地望着我,眼神中越发明显地传递出不言而喻的深意,仿佛在说:"我宁愿死也不会开口!"

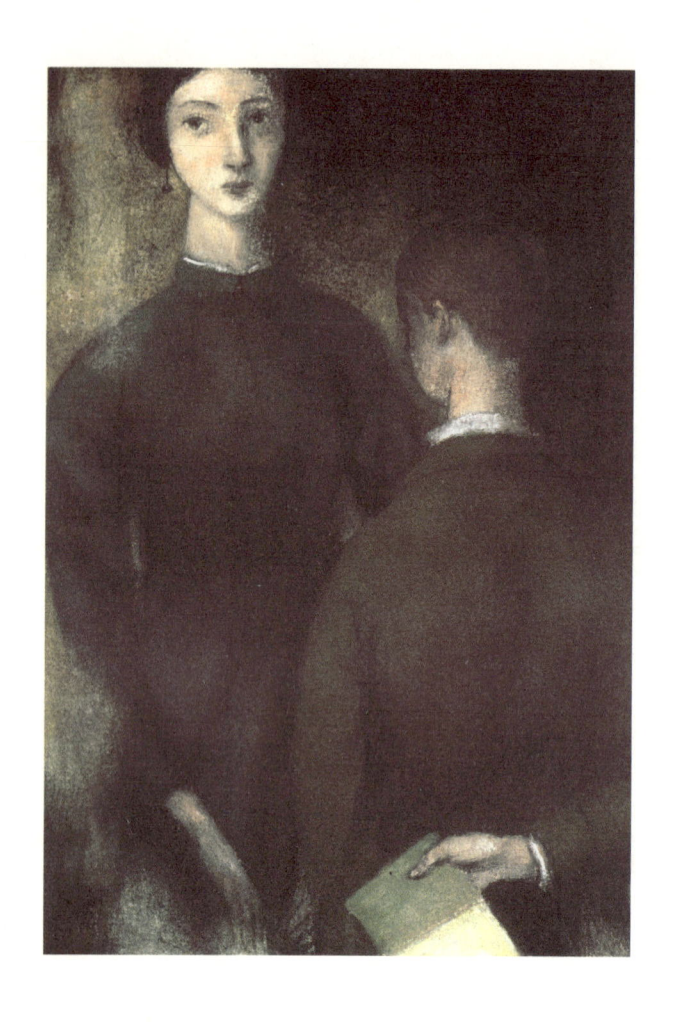

眼前的小脸吐出一个声音,既不低沉,也不微弱,却像是从遥远的地方传来,而我闻声如饮甘露。"是的——我拿了那封信。"

引子

时值平安夜，在一座古旧的宅子里，众人围着炉火团团而坐，刚刚听到的故事令我们个个毛骨悚然，紧张得透不过气来。我记得，当时有人随口说了句大实话——这故事可真够吓人的，故事要离奇够味儿就得这样。一时众人无话。过了半晌，才有人接过话头，说自己还从来没有听过如此稀罕的事儿，报应居然落到一个孩子头上。我可以告诉诸位，那个故事讲的，就是在像我们聚会的这样一所旧宅里，闹上鬼了——一个面目狰狞的厉鬼，向正在房里和妈妈一起睡觉的小男孩显了形。孩子心惊胆战之下把他妈妈也弄醒了，鬼把孩子妈妈弄醒可不是为了让她给孩子壮胆，哄他重新入睡，而是要她本人也见识见识方才让小孩丧魂落魄的场面。正是后来的这番感想，引出了道格拉斯的反应——他倒不是当场就有所表示，而是在那天晚些时候——于是便有了饶有兴味的下文，引起了我的注意。当时还有人讲了个平淡无奇的故事，我看出道格拉斯有些心不在焉。他似乎在酝酿着什么，不过我们还得再等等。事实上，这一等就等到了两天后的晚上。不过，当天晚上，曲终人散之前，他还是说出了压抑已久的想法。

"我完全同意格里芬说的，那个鬼魂或什么东西——它首先向那么幼小的男孩显形发难，才使得这个故事如此扣人心弦。可据我所知，要说牵涉到小孩的骇人听闻的故事，这可并不是头一个。刚刚故事的主人公正因为是个孩子，这就像用扳手拧螺丝一样，把整个故事的紧张气氛又拧紧了一圈。你们也说说看，要是这种故事里不只有一个而是有两个小孩，将会如何——？"

"那自然是把故事又拧紧了两圈三圈，加倍地惊心动魄呗！"有人答道，"我们还真想听听两个孩子的故事呢。"

这时我见道格拉斯就在壁炉前，他背对着炉火站起身来，双手插进衣兜，低头打量着讲话的人。"到目前为止，除了我，还没有人听过这个故事呢。这故事着实太吓人了。"此话一出，自然引起了几个声音，大家纷纷表示，为听听这个故事不惜付出任何代价。我的朋友颇懂得怎么卖关子，他将目光转向众人，继续说道："这个故事跟别的鬼怪故事可真不是一码事儿。我看，别的故事跟它一比，都是小巫见大巫。"

"因为它特别瘆人?"记得当时我这样问道。

他似乎是想说事情没这么简单,但一时也想不出怎么来形容才好。他伸出一只手在眼前挥了挥,做了个惊恐万状的鬼脸。"因为非常恐怖——恐怖得要命!"

"嘿,太带劲儿了!"一个女人喊道。

他并没有理她,而是看着我,可是似乎又没有真的在看我,倒像是看见了他说的东西。"那故事里弥漫着匪夷所思的邪恶、神秘和痛苦。"

"既然如此,"我说道,"干脆就坐下来开讲吧。"

他转向炉火,对着根木柴棒子踢了一脚,又盯着看了片刻。之后,他回过身来,再次面向众人。"眼下还不能开讲。我得给城里寄封信。"听闻此言,人群中发出一片不满之声,众人对他啧有烦言。不满之声平息后,他胸有成竹地解释道:"这个故事已经写成了书稿,就锁在抽屉里——已经多年不见天日了。我得给我的仆人写封信,把抽屉的钥匙装在信封里寄去,他找到装稿子的大信封,自然会把稿子寄来的。"看上去他似乎特意在对我提出建议——甚至像在恳求我,让我帮他打消心中的犹豫。就算他自有理由,多年守口如瓶,但此时他已经打破坚冰,打破了那几多严冬的造物,终于决定开口了。虽然旁人讨厌他的拖延,可他的迟疑却令我着迷。我恳求他写信,趁明日清晨第一班邮车就送出去，并让他答应早日让我们听到故事。接着我又问他，这段故事是否是他亲身经历。对此，他当即做出了答复："啊，感谢上帝，绝对不是！"

"那么，是你记录的吧？是你把这件事写下来的？"

"不，此事我只存留了记忆。我把它装在这儿了——"他拍拍自己的心口，"永远也忘不了。"

"那你说的那份手稿——？"

"是用墨水写的，年久日深，已经褪色了，不过笔迹十分秀美，"他又有些吞吞吐吐，"是一个女人的笔迹。她去世已有二十年了。临死前，她把这些手稿寄给了我。"众人都仔细地听着，当然也有人插科打诨地调侃两句，还有人在进行某种推测。听到这些议论，他的脸上既没有露出一丝微笑，也没有半点发怒的意思。"她是个很有魅力的女人，不过，比我大十岁，是我妹妹的家庭教师，"他平静地说，"在我认识的那种身份的人里，她算是最讨人喜欢的，无论怎样赞美她，都不过分。那是多年以前的事了，这段小插曲也已经过去很久了。当时我在三一学院[1]上学，那是第二个暑假，我回家度假，在家里遇见了她。那年我在家里待的时间不短——真是一段美好的岁月。她没课的时候，我们常

---

[1] 指剑桥大学三一学院。——译者注（如无特殊说明，本书注释均为译者注）

常在花园里散步、聊天——这些交谈给我留下了深刻的印象，她聪明伶俐，人也心地善良。哦，真的，请不要笑我，我的确很喜欢她，直到今天，一想到她也钟情于我，我就庆幸不已。若不是对我有这番心意，她是不会坦言的。她从来没有把那件事告诉任何人，并非是她自己这么说，可我确实知道她没有告诉过别人，我敢肯定，这能看得出来。你们听了故事，想必不难领会其中的缘由。"

"因为这件事太可怕了？"

他又注视着我，答道："你会很容易做出判断的。"他重复道："你会的。"

我的目光也盯住他。"我明白了，她当时恋爱了。"

他头一次笑了起来。"你真是目光如炬。不错，她已坠入情网，应该说，她曾经爱过。当时她已流露真情——若非如此，她是不会讲出自己的故事的。我看出她在爱着，她也知道我心知肚明，我俩都心照不宣。斯情斯景，至今还历历在目——在草坪的一角，高大的山毛榉树投下浓荫，还有漫长炎热的夏日午后，那绝不是让人瑟瑟发抖的场景，但是，哦——！"他离开炉火，坐回自己的椅子上。

"星期四一早你就能收到邮包了吧？"我问道。

"可能收不到，也许要等第二班邮车。"

"那好吧，晚饭以后——"

"诸位是跟我在这儿碰头吗?"他环视着众人,"这几天有人要走吗?"语气中充满了期待。

"大家都想留下!"

"我想留下——我要留下!"一些本来已经决定离开的夫人小姐们纷纷喊道。此时格里芬太太似乎想再多了解一些内情,又把话题拉回故事上。"她当时究竟爱上了谁?"

"会讲到的。"我挺身而出。

"嘿,我等不及了,现在就想知道!"

"这个故事不会讲到的,"道格拉斯说,"不会像茶余饭后聊家长里短似的给您原原本本捋一遍。"

"那就太遗憾了。只有那么讲,我才听得懂。"

"你不打算讲吗,道格拉斯?"有人问道。

道格拉斯又站起身来。"会讲——明天再讲。现在我得去睡觉了。晚安。"接着,他迅速拿起一座烛台,快步离去,搞得众人有些不知所措。在棕色大厅的这一头,我们听见他上楼梯时咚咚的脚步声。这时,格里芬太太说:"好吧,就算我不知道她爱谁,我却知道'他'爱上谁了。"

"她可比他大十岁呢。"她丈夫说道。

"那是次要的[1]——在那种年纪!不过也真够绝的,这

---

1 原文为法文。

么多年他能一直将这事闷在心里。"

"四十年呢！"格里芬插嘴道。

"这下终于松口了。"

"一松口，"我说道，"那星期四晚上想必会盛况空前了。"在座的人都赞同我的看法，大家这么一想，别的事也都不去计较了。刚才的故事虽然并不完整，但就像系列故事的一段开场白，倒也算是讲完了。于是众人纷纷握手告别，恰如有人说的——"吹灯拔蜡"，去睡觉。

第二天，我得知那封装着钥匙的信已经随着第一班邮车送往道格拉斯在伦敦的公寓。或许正是因为这消息最后弄得人尽皆知，我们便不再干扰他，一直等到晚饭后。其实直到夜深，我们大家的愿望才得以圆满实现。这时他已如我们所愿，变得十分健谈，对此他也作了一番圆满的解释，大家便理解了他的初衷。围坐在大厅的炉火前，我们又被他撩拨得一惊一乍，那情形与前夜一般无二。看来，关于他答应给我们朗读的这段故事，还真需要适当交代一下，再啰唆几句。请允许我在这里说清楚：这个故事是我本人很久以后抄写的一个尽量忠于原稿的副本，我即将要讲的内容就是从这上面来的。可怜的道格拉斯，在他意识到自己将不久于人世之时，把那份手稿托付给了我。那份手稿是他在我们那次聚会之后第三天收到的，就在同一个地点，第四天晚上，我们一小群人屏气凝神，听他开始朗读，效果真是不同凡响。那些原本说要留下来的太太小姐，当然并没有真正留下。感谢上天，她们早已纷纷离去，都是按原计划走的，临走时还自称满怀好奇，说全是他造成的，他那一番言语，真真吊起了大家的胃口。不过，她们的离去，却使坚持到最后的听众更加紧凑齐整，我们这些围在壁炉旁继续听故事的人，通通沉浸在毛骨悚然的气氛中。

在故事的开头道格拉斯就向大家说明，笔者开始记录这份手稿时，真正的故事已经发生了。从道格拉斯的叙述中我们得知，他那位老朋友，是个贫穷的乡下牧师的小女儿，当时芳龄二十，初次应聘家庭教师的工作。她先是与刊登广告的雇主进行了简短的书信来往，之后战战兢兢地亲自奔赴伦敦应试。对方要求她本人前往哈雷街的一座府邸面试，之后再决定弃取。在她的印象中，这座府邸轩敞宏大、富丽豪华——而那位未来的雇主是一位绅士，一位意气风发的单身男子。对于一个出身汉普郡教区牧师家庭的年轻姑娘来说，这样的人物除了在梦中或旧小说中见过之外，实在是无缘谋面。此刻他就站在这位心慌意乱的姑娘面前。他的仪表让人过目难忘，好在这种类型也不曾绝迹。他相貌英俊，为人豪爽洒脱，性情颇为开朗，待人也随和，看得出来，是个禀性善良、有教养的绅士。毫无疑问，他给她留下了绝好的印象。不过让她印象最深的，是他谈起她应聘这件事，倒好像是她给予他的一种恩惠和关照，他应该感激不尽才对。这给她平添了一股勇气，并在日后表现了出来。她看出他虽然腰缠万贯，但也挥金如土——他总是置身于上流社会那炫目的光彩之中，看到他，人们总是能想起最时髦的衣着打扮、最漂亮的姿态容貌、一掷千金的豪爽气派，以及与女人交往时迷人的风采。在他城里的寓所中，有一个偌大房间摆满了他在各地旅游时带回的纪念品和一箱箱的纪念物、收藏品。可是，他希望她立刻前往的地方，却是他乡下的宅邸，一座在埃塞克斯郡的古老庄园。

两年前，他在军队服役的弟弟和弟媳不幸客死印度，留下了一双儿女——他的小侄子和小侄女，于是他便成了两个孩子的监护人。这一双幼童是他沉重的负担，对于像他这样的男人——单身汉，既没有经验也没有耐心。两个孩子落到他手里，完全是由于飞来横祸。得知弟弟的死讯，他自然哀痛不已，心神恍惚。他极为可怜这一双失去父母的孩童，尽己所能包揽了他们的一切，并特意把他们送到乡下的一处宅邸，对孩子们来说，最适合生活的地方当然是宁静的乡下。从一开始，他就安排最得力的人来照顾，甚至还派了几个贴身的仆人去伺候，只要有时间，他还常常亲自去乡下监督他们。难办的是，两个孩子再没有别的亲戚，而他自己的种种琐事早已占据了全部的时间。他把孩子们安顿在布莱庄园，对孩子们来说，这里既有益健康又十分安全，他还给这个小小的新家任命了一位管家——格罗斯太太，让她全权负责管理仆人们的事情。她是个出色的女人，从前是他母亲的仆人，他也相信他的客人——新来的家庭教师一定也会欣赏这位管家。此外，格罗斯太太现在也是那个小姑娘的监护人。她膝下无子，所幸的是她对孩子们疼爱有加。在这座乡间庄园，还有很多人帮忙，不过，当然即将成为家庭教师的年轻小姐应该享有最高权威。在假期里，她还得照顾那个小男孩。男孩已经上学有一个学期了——这个年龄就被送去上学是小了点儿，可确实是情形所迫，他哪里还有别的办法？——不过，假期就要来临，还有几天他就会回到庄园，和他妹妹做伴了。两个孩子起初也有一位年轻的小姐负责照顾，然而遗憾的是，他们失去了她。那位小姐把孩子们照顾得很好——她真是位值得尊敬的人——直到她不幸死去。她的去世的确给布莱庄园造成很大困难，因为没人能代替原来的家庭教师，于是只好把小迈尔斯送到学校去。从那以后，小姑娘弗罗拉的方方面面，则由格罗斯太太尽心照料。在这座乡间庄园里，还有一位厨娘、一名女仆、一个挤奶的女工、一匹年老的矮种马、一个老马夫和一个老花匠，他们也都是些可敬之人。

就在道格拉斯娓娓道来的时候，有人提了个问题："既然前任家庭教师那么可敬——那她是怎么死的呢？"

我们的朋友立即做出了回答："以后要讲的。不过，我先不说。"

"抱歉——我认为您应该先讲的正是这件事。"

"如果我是她的继任者，"我提出，"我会很想知道是否是这个职务带来了——"

"无法避免的生命危险？"道格拉斯说出了我心中的疑虑，"她的确希望知道，而且她也确实知道了。明天你们就能听到她了解的情况。当然，与此同时，这种前景也让她稍稍有些害怕。她年纪轻，没有经验，又有些胆小，可摆在她面前的却是一副重担，几乎无人相伴，还有躲不开的孤独。她犹豫了——花了一两天工夫去征求别人的意见，自己也反复考虑。然而，雇主给出的报酬大大超出了她卑微的预期，于是第二次拜访时，面对这样优厚的条件，她最终还是签了合约。"讲到这里，道格拉斯停了下来。考虑到在座各位听众的心理，我说出了心中的猜想——

"这个故事想告诉我们，毫无疑问，这个姑娘被那英俊的青年给迷住了，于是对他言听计从。"

像前天晚上一样，他站起身来，走到炉火旁，朝一根木柴踢了一脚，背对着我们又站了一会儿。"她只见过他两次。"

"是呀，这正是她感情的动人之处。"

听到这话，道格拉斯朝我转过身来，我不禁有些惊讶。"那的确是她的动人之处。其他来应聘的人，"他继续说道，"她们就没有向这份魅力屈服。雇主毫无保留地把他的困难都告诉了她——尽管薪资优渥，但之前已经有几个应聘者退缩了。不过，她们仅仅是出于忧虑，听起来那工作既单调乏味，又颇为古怪，尤其过分的是他还提出了一项重要条件。"

"什么条件——？"

"那就是她绝对不能麻烦他——永远不能：不许提要求，不许发怨言，也不许写信谈任何事情，完全由她自己来应对所有的问题，一切花销都由他的律师支付，她必须承担全部的责任，好让他做个清净闲人。她告诉我，当她答应了这条件后，他瞬间如释重负，喜出望外，紧紧握着她的手好一会儿，感谢她做出的牺牲，而当时她就已然感觉得到了回报。"

"难道这就是她得到的所有回报？"一位女士问道。

"此后她再也没有见过他。"

"啊！"那位女士发出了一声感叹。就在这时我们的朋友道格拉斯再次转身离去，这声感叹便成了当晚人们就这个话题发出的一句重要的评语。次日晚上，在壁炉边，道格拉斯将身子埋进一把最舒适的椅子里，摊开了褪色的笔记本。这是一个红色封面、镶着金边的老式笔记本。整个故事讲了不止一个晚上，不过刚要开讲，那位女士又提了个问题："你讲的故事叫什么名字？"

"还没有名字。"

"啊，我倒是有一个！"我说道。可是道格拉斯没有注意我，他已经开始用优美清晰的嗓音朗读起来，仿佛想把作者书写时笔尖美妙的沙沙声，传递到我们的耳畔。

第一章

我记得一开始我的心情就像十五个吊桶打水，七上八下的，一会儿觉得自己是对的，一会儿又觉得错了，忐忑不安。进城和他见了面，答应了他的请求之后，有那么两天，我一直神思恍惚——心头笼罩着团团疑云，感觉自己确实犯了个错误。怀着如此纷乱的思绪，我坐了几个小时颠簸摇晃的公共马车，赶到了驿站。事先已经约好，从布莱庄园过来的马车会在那里迎接。有人告诉我，为了我的旅行方便，已经提前安排好了。在那个六月末日渐西沉的时刻，我到达了驿站，看见一辆宽敞舒适的轻便马车正在路边等候着。那天风和日丽，我乘着马车穿过乡间，美好的夏日景色似乎在向我表示欢迎，我顽强的意志又振作了起来。马车拐上了林荫道，我的心情愈加轻松，可能这就是这座庄园远离尘嚣的证明。我曾经忧心忡忡，担心等待我的会是忧郁沉闷的未来，然而迎接我的却是一个惊喜。我记得，最让我兴奋的是府邸宽敞干净的正面，一扇扇敞开的窗户，明丽整洁的窗帘，还有两个女仆正隔窗向外眺望；我记得，那茵茵草坪上缤纷绚烂的花朵，车轮在卵石上碾过时嘎吱嘎吱的脆响，蓊蓊郁郁的树冠之上，白嘴鸦在洒满金光的天空中盘旋鸣叫。这番景象恢宏壮美，与我自家局促狭小的气氛截然不同。这时门口出现了一个女人，手里牵着个小姑娘。她彬彬有礼地向我行了一个屈膝礼，仿佛我是这家的女主人或是远道而来的贵客。在哈雷街时，我已对这里的情况有了些粗浅的印象，如今回想起来，我觉得庄园的主人的确是风度翩翩，对这里的情形，他不仅没有丝毫夸张，竟然还让我享受到了比他应允的更为优厚的待遇。

直到第二天，我的情绪再没有消沉。因为在随后的几个小时里，我结识了学生中年纪较小的那位，于是满心欢喜。和格罗斯太太一起出现在门口的小姑娘，真是个可爱迷人的小家伙，同她在一起是莫大的快乐。她是我见过的最漂亮的小女孩，我甚至有些纳闷，为什么当初雇主没有多跟我讲讲她的情况。那晚，我几乎彻夜未眠——我太兴奋了；这也让我有些惊讶，如今回想起来，我觉得当时受到的待遇实在太优厚了。我的卧房宽敞气派，是这个府邸中最舒适的房间之一，真叫人过目难忘，还有那张华丽的大床，挂着长长的百褶花边的帷幔，现在我仿佛还能触摸到它。房间里还有落地长镜，在那镜中，我生平第一次可以从头到脚看到完整的自己，这些都震撼着我——就像那个将由我来照顾的魅力非凡的小姑娘——就像随之而来的诸多事情，让我始料未及，印象深刻。我和格罗斯太太的关系从一开始就很融洽，当初乘马车来这里的路上，我还一直担心不好相处，如今想来真是没名堂。说真的，唯一可能让我有几分忧虑的是，她一见到我时，露出了喜不自禁的神态。不到半个小时，我便看出她非常高兴——这个身材敦实的女人，心地单纯，待人热情开朗，做事干净利索——她确实在极力掩饰，不让自己的高兴劲儿太过明显。当时我甚至有些奇怪，既然她欢迎我来，为什么又不愿意表露出自己真实的心情呢？这件事让我反复琢磨，左右怀疑，心中自然隐隐有些不安。

不过，姑且聊以自慰的是，一想到小姑娘那光彩照人的样子，我就不再那么神思恍惚。也许正是她天使般的美丽使我辗转反侧，彻夜难眠。心里想着她，天亮之前我几次起身，在房间里踱来踱去，把整个事情思前想后，琢磨着怎样的未来在等待着我。我透过敞开的窗户观察着夏日朦胧的黎明，注视着这座庄园目之所及的角角落落；倾听着在夜色逐渐褪去的清晨，鸟儿的第一声鸣啭；聆听着那可能再次出现的一两声不太自然的响动，那动静并不是在宅子的外面，而是来自宅子的内部，我想这可能是我的幻觉。然而，间或片刻，我确信自己是听见了，声音微弱而遥远，是个孩子的哭喊，紧接着又是另一声。这时我惊奇地发现，在走廊里，就在我的门前，传来一阵轻轻的脚步声，但是这些又似乎是模糊得让人无法当真的幻觉，我宁可说，在明暗交错中，一些其他的或者后来发生的事情此刻袭上我的心头。照顾、教导和"塑造"小弗罗拉，简直就像创造一个天真快乐又意义非凡的生命。初次见面后，我与格罗斯太太在楼下已经达成共识，晚上自然由我来照看她，于是，她那张洁白的小床就在我的房间里安顿好了。我的责任是全面照顾她的生活，不过，考虑到小姑娘难免对我还有些陌生，况且她天生羞怯腼腆，因此，还是让她跟着格罗斯太太睡了最后一晚。尽管如此——这个孩子却以最奇妙的方式，坦率而勇敢地承认自己的羞怯，并不扭扭捏捏，她的神情清澈甜美又深邃宁静，活脱脱是拉斐尔笔下的圣婴。她任人议论她，甚至责怪她，这使我断定——我相当有把握，她很快就会喜欢上我。我们一起享用晚餐，看得出来，格罗斯太太对我怀有一种钦佩和好奇，这也是我对她心生好感的原因之一。餐桌上摆着四支蜡烛，我的学生坐在一把高高的椅子上，戴着围嘴，高高兴兴地对着我，桌子中间摆放着面包和牛奶。当着弗罗拉的面，我与格罗斯太太只能间或传递几个奇妙而快乐的眼神，或是几句暧昧含混的暗示。

"那个小男孩，他跟她长得像吗？他也是这么漂亮吗？"

人们不会刻意阿谀奉承一个孩子的。"啊，小姐，他最漂亮了。如果您觉得这位的容貌就很出众的话！"她站在那里，手里拿着个盘子，眉开眼笑地看着小姑娘，小姑娘睁着一双天使般天真宁静的眼睛，仔细打量着我们，眼神中丝毫没有对我们的戒备。

"是吗，我果真就是这么觉得的——"

"那么您会被小少爷的魅力迷住的！"

"噢，我想，我来这里就是为了——被迷住的。只是，我担心，"当时我情不自禁地补充道，"我总是轻易就被人迷住。在伦敦我就着迷了！"

"是在哈雷街吗？"至今我还记得格罗斯太太插话时，她那宽宽的脸上的表情。

"是在哈雷街。"

"哈，小姐，您不是第一个——也绝不会是最后一个。"

"哦，我并不敢自命唯一，"我居然还能笑得出来，"哎，别管这些了。我的另一个学生，是明天回来吗？"

"不是明天——是星期五，小姐。他跟您一样，也是坐公共马车来，到时有人护送，咱家的马车也会去接。"

我立即表示，我们应该做些亲切得体、让人愉悦的事：

马车到达时，不如就让我和他的小妹妹一起去迎接他。对于这个提议，格罗斯太太发自内心地表示赞成，她的样子没有半点虚假，我也颇感欣慰，谢谢老天！我们在每个问题上都意见一致。哦，我来了这儿，她是多么高兴啊。

现在想来，第二天给我的感觉，绝不是初来的那种喜悦。我巡视着新的环境，凝视着，思考着，那时涌上我心头的，最多可能只是随着对庄园的逐渐了解而产生的轻微压抑。周围的环境辽阔巨大，我之前完全没有思想准备，面对着这样的情境，我新奇地发现心中有几分害怕又有几分自豪。受这种兴奋情绪的干扰，我的课程自然有些拖延了。不过我明白，当前首要的任务是用我能想到的最温柔的办法，使小姑娘尽快跟我熟络起来。整个白天我都同她在室外活动，设法让她意识到，应该是她，也唯有她，才能带我参观这座庄园，这点让她十分骄傲、心满意足。我跟着她一步又一步地走，一个房间接一个房间地看，听她讲着一个又一个秘密，她边走边兴高采烈地说着些孩子气的玩笑话，向我介绍这里的情况，于是半个小时后，我们就成了无话不谈的亲密朋友。这场"小小的旅行"，给我留下了深刻的印象，在几个空洞洞的房间里，在几条阴暗的走廊上，在我望而却步的曲曲折折的楼梯上，甚至在一座古老的有雉堞的方塔的最高层——连我都觉得头晕目眩，可她尽管如此幼小，却始终信心百倍，勇气十足。她那清纯婉转的嗓音，即使我未曾发问，她也乐得主动向我讲述的意愿，以及宣布结束在一处的参观带我继续参观下一处的样子，都给我留下了深刻的印象。自从离开布莱庄园后，我再也没有回去过。可能对于我这双有了更多阅历的眼睛，现在那里已不似当年恢宏壮观。然而，这位一头金发的小向导，身穿蓝色的长裙，在我前面跳着舞，带我转过一个个拐角，脚步嗒嗒地走进一条条走廊，我仿佛看到了一座住着玫瑰色精灵的童话城堡，闪烁着种种故事书和童话的斑斓光彩，似乎正是为了让孩子们驰骋想象力而存在。眼前不就是一本让我堕入小憩或酣梦的故事书吗？不，这是一座高大、丑陋、古老却又生活便利的庄园，具有某些悠久建筑的特征，一半闲置着，一半还住着人。置身其中，我不免想象，我们恰如一艘海上巨轮上的一小群乘客，是那样茫然无措。然而奇怪的是，我却在这里掌着舵！

第二章

两天后，我和弗罗拉一起乘坐马车，去接格罗斯太太说的那位"小绅士"。可是，就在这第二个晚上，发生了一件出人意料的事，让我对迈尔斯少爷的归来感到深深的为难。如前所述，第一天，总的来说，平安无事，之后我却眼睁睁地看着情形急转直下。那天晚上，邮件来得很迟，其中有一封给我的信。信是我的雇主亲手写的，只有短短几句话，但却还附着另外一封信，上面写的是我主人的地址，盖着未拆的火漆印。"这封信，我认出来，是校长写的。校长是个很讨厌的家伙。请读读他的信吧，跟他打打交道。但是，请注意，您不要向我报告。我一句也不想听。与我无关！"我费了好大劲去拆那火漆印——着实费了我不少时间；我最后只好拿着这封未拆开的书信上楼回到我的房间，直到睡觉前才认真对付它。要是早知道，我就应该等到第二天一早再读信，这样也不至于一夜无眠了。次日一早，我并没有拿出什么主意，心中十分沮丧；最后我鼓起勇气，决定至少把自己的心事开诚布公地与格罗斯太太谈谈。

"这到底是什么意思？这孩子被学校开除了？"

她看了我一眼，接着飞快地一错眼珠，脸上一片茫然，似乎想要把那目光收回去。"可那些孩子不是都——？"

"都被送回家了——是的。但他们只是放假，迈尔斯却可能再也回不去了。"

在我的注视之下，她有些脸红了。"他们不要他了？"

"他们完全拒绝接受他。"

听到这话，她抬起方才避开我的眼睛，双眼饱含真诚的热泪。"他到底干了什么？"

我犹豫着。随后，我认为最好还是直接把信交给她——可是，她并没有接信，反而把双手背在身后。她难过地摇着头。"这种事情我干不了的，小姐。"

我的参谋居然不识字！我对自己的失误很不好意思，于是想尽可能地弥补一下。我又打开那封信，向她复述了信的内容，之后我有些踌躇，便把信重新折好，放进衣兜。"他当真品行不端吗？"

泪水依然在她双眼中闪动。"那些先生们这么说吗？"

"他们倒没有细说，只是轻描淡写地表示遗憾，说不能继续留他上学了,而那只能有一个含义。"格罗斯太太神情木讷地听着,忍住不问我这到底意味着什么。于是,为了让这件事有个交代,也为了让她跟上我的思路,我回答道:"那就是说,他是一匹害群之马。"

听了这话,她瞬间露出心地纯朴的人所特有的一惊一乍的架势,发起火来。"迈尔斯少爷!——他是害群之马?"

她的声音里充满了对迈尔斯的无比信任,虽然我还没有见过那个孩子,可单单因为内心的恐惧,我便也一口咬定这个想法实在荒谬至极。为了迎合我的朋友,我便不由自主地嘲讽说:"害了他那些可怜无知的小同学嘛!"

"这太可怕了,"格罗斯太太喊道,"说出这么残酷无情的话!天啊,他还不到十岁呢!"

"是啊,是啊,简直让人难以置信。"

对于我的表态,她显然万分感激。"小姐,请您先见见他,之后再信那话也不迟!"我想见他的愿望更强烈了,甚至有些急不可耐,但这只是好奇的开始,在接下来的几个小时里,我的好奇心愈来愈重,几乎成了一种痛苦。看得出来,格罗斯太太明白她说的话在我心中激起了怎样的涟漪,于是她很有把握地说:"您也可以相信那位小姐。愿上帝保佑她。"过了一会儿,她又补充道:"您瞧她!"

我转过头去,看见了弗罗拉。十分钟前,我在教室里给她留了白纸、铅笔和一份要她临摹的漂亮的字母"O"的字帖。此刻她走到那扇敞开的门前,好让我们看见她。她正以她小小的方式,表达着对于讨厌的作业异乎寻常的超然态度,她看着我,目光稚气动人,似乎她这么做仅仅是出于对我的好感,非得跟我形影不离不可。眼前这一幕,足以让我领略格罗斯太太刚刚那番类比的巨大威力。于是我把我的学生搂在怀里,一边吻着她,一边内疚地抽泣起来。

不过,在这天的其余时间里,我还是一直在寻找机会接近格罗斯太太,尤其是天近黄昏的时候,我发觉她似乎在有意无意地避开我。我记得,那天我终于在楼梯上追上了她,我们一起下楼,走到底层时我留住她,一只手挽住她的胳膊。"我想你中午说的话是向我表示,你根本不知道他有任何恶劣的行为。"

她猛地回过头,这次,她清楚又实在地表了态。"是的,我根本不知道他有恶劣的行为——我说的都是实话,绝无半点虚假!"

我又心烦意乱起来。"那么你早就知道他——?"

"是的,的确是那样,小姐,感谢上帝!"

仔细想了想,我接受了这个想法。"你是说那小男孩根本就不是——?"

"在我看来他不是什么小男孩!"

我把她抓得更紧了。"你是不是喜欢男孩子有点儿顽皮？"在她回答的同时，我急切地应和道，"我也喜欢！可顽皮得有个限度，绝不能到了造成毒害的程度——"

"造成毒害？"——我用的这个深奥词儿让她一时摸不着头脑。

我解释说："就是使人堕落。"

她的眼神直直的，似乎在努力领会我话中的意思，等她明白过来，却发出了一声古怪的大笑。"您是害怕他会让您堕落吗？"她如此大胆而幽默地提出问题，我禁不住也像她那样傻里傻气地笑了几声。我怕会受到嘲弄，于是便不再追问下去。

不过，第二天，眼看我去接人的时间越来越近，我又换了个话题来试探她。"从前在这儿的那位女士是什么人？"

"您是问原先那位家庭教师？她也是年轻又漂亮，几乎和小姐您一样年轻漂亮。"

"哈，希望她的年轻漂亮帮了她的忙！"我记得当时信口说道，"看来他喜欢我们年轻漂亮。"

"哦，他确实是那样的，"格罗斯太太肯定道，"他巴不得人人都是那样！"她的话刚一出口，赶紧打住了，停了一下，她又说："我的意思是那是他的习惯——老爷的习惯。"

我心中一震。"你原本想说的是谁？"

她看上去有些茫然，脸却红了。"这个，是他呗。"

"老爷？"

"除了他还有谁？"

显然没有其他人。过了一会儿，我已经忘了她无意中说漏嘴的情形，只管问我想知道的事情。"她有没有在这个男孩身上发现什么问题——？"

"不对劲的地方？她从来没有跟我说过。"

我有一丝犹豫，但还是抛开了顾虑。"她是不是特别——细心？"

格罗斯太太似乎想尽量保持客观。"在有些事情上——是的。"

"但并不是在所有事情上都这样？"

她再次思考着。"这个，小姐——她已经去世了。我不愿意讲那些事。"

"我完全理解你的感受。"我赶紧答道。可转念一想，她的话里似乎并没有不让我了解其他情况的意思，于是我退一步问："她是在这里去世的吗？"

"不——她离开了。"

格罗斯太太这句简短的回答，究竟是什么地方让我觉得含糊不明，我也说不出来。"离开之后去世的吗？"格罗斯太太两眼直直地望着窗外，可我认为，我有权知道在布莱庄

- 26 -

园任职应该如何行事,"你的意思是说,她得了病,于是回家了?"

"她在这里并没有生病,至少看起来是这样。她是在那年年底,离开这儿回家去了。照她的说法,是想去休个短假。她在这里待了那么长时间,完全有权利享受假期。那时候我们还雇着一个年轻的姑娘——是个保姆,她一直在这儿,人不错,也很聪明,那段时间就由她照料两个孩子。然而,我们那位小姐再也没有回来,我一直盼着她回来,结果却听到老爷说她死了。"

我仔细琢磨着她的话,心里五味杂陈。"是怎么死的?"

"他从来没有告诉过我!对不起,小姐,"格罗斯太太说,"我得去干我的活儿了。"

第三章

就在我全神贯注地思考这个问题的时候，格罗斯太太却转身而去，幸亏这不是有意怠慢的举动，不至于影响我们之间的尊重与日俱增。把小迈尔斯接回家后，我完全改变了对他的态度，于是我和格罗斯太太的交往也比从前更亲密了。我原本准备宣布，据目前对这孩子的了解，应该对他严加管束。眼下我认识到自己当初的想法是多么荒谬。去接迈尔斯的时候，我到得略有些迟了，他已经下了马车，站在那家驿站门口，急切地张望，找寻着我的身影。一瞬间，我感到仿佛曾经在哪见过他，他全身上下，从里到外，都焕发着勃勃生机，萦绕着那种同样纯洁的芳香，一如我初次见到他的妹妹。他的俊美让人难以置信，格罗斯太太早已说过。他的到来将我心头的疑云彻底驱散，只剩对他的一片似水柔情。此时此刻，他在我心中激起的是神圣的情感，以往我从未对哪个孩子有过如此程度的好感——他那小小的气质更是无法形容,仿佛除了爱,他对万物一无所知。世上不可能有比他更可爱、更天真无邪的孩子了,可居然还会有人把恶名加在他的头上,真是匪夷所思。我带他回到了布莱庄园,想起那封锁在我房间抽屉里的讨厌的信,我不仅迷惑不解——甚至还颇为气恼。一等到有机会和格罗斯太太私下交谈时,我当即向她宣布,那信真是荒谬极了。

她立刻明白了我的意思:"您是说信里那些残忍的污蔑——?"

"绝对是污蔑。亲爱的,你看看他!"

她对我发现了迈尔斯的魅力报以欣慰的笑容。她继续补充道:"我相信您,小姐,我不会往别处想!那么您打算怎么说?"

"你是说怎么回那封信吗?"我已经拿定主意,"什么也不说。"

"对他伯父呢?"

我果断地说:"什么也不说。"

"那对这孩子本人呢?"

我表现得真棒。"还是什么也不说。"

她用围裙好好擦了擦嘴。"既然这样,那我支持你。咱们坚持到底。"

"咱们坚持到底！"我热烈地响应着，与她握手为盟。

她把我的手紧握了一会儿，又用她那只空着的手揪起围裙一角擦了擦嘴。"您是否介意，小姐，如果我放肆地——"

"你要吻我吗？不介意，吻吧！"我把这个好人儿搂在怀里，我们像亲姐妹一样拥抱在一起，之后我感到意志更加坚定，对那封信也越发愤愤不平。

无论如何，那是一段充实又完美的日子。回忆起事情发展的经过，我觉得需要尽可能地解释清楚。当我回首往事时，我惊讶地发现自己居然接受了现状。我和格罗斯太太已经决定要坚持到底，显然，我是处在某种魔力的控制之下，它减轻了任务的难度，为我的努力扫除了障碍。我被半是迷恋、半是怜悯的巨浪抛到空中。由于我的无知和糊涂，或许还有点自负，我以为自己完全能够应付一个刚上学的小男孩，我觉得这事轻而易举。如今，我甚至记不起我为他假期结束后的生活制定了什么计划，对他今后的学习有什么进一步的打算。在那个迷人的夏天，他的确跟着我上课，理当如此；可是，如今看来，那几个星期，与其说是我给他上课，倒不如说是在给我自己上课。我学到了一些东西——当然是在刚开始时——以往我那狭小可怜、令人窒息的生活无法教给我的东西：学会了从别人那里获得快乐，甚至学会了让别人快乐，还学会了不为明天发愁。在某种意义上，这是我第一次懂得了什么是空间，什么是空气和自由，第一次懂得了关于夏天的所有音乐和大自然的全部奥秘。我还获得了他人的关心——而关心是那样甜蜜。哦，对于像我这样整日耽于幻想、感情敏感脆弱，或许还有一点虚荣心的人来说，这是个陷阱——虽然不是有人故意设计的，可对我来说却深不可测，它引诱着我的全部激情。准确地说，我已经完全放下了戒备。那两个孩子几乎没有给我带来什么麻烦——他们的行为举止文雅礼貌，简直让人赞叹。我时常在想——不过是些模模糊糊、若有似无的思绪罢了——多么坎坷的未来（因为未来都是坎坷的）在等待着他们，他们将经历怎样的风霜。他们宛如盛开的花朵，生机盎然，幸福洋溢，我就像照顾着两位小贵族，血统纯正的小王子和小公主，他们的一切都应受到隔离和保护，这是理所当然的。在我的想象中，多年后他们的生活只能是优雅浪漫的，一种徜徉在真正的皇家花园和猎场中的生活。当然，很可能正是由于后来爆发了种种事变，我才格外留恋之前这段宁静的日子——在静谧之中积聚、潜伏着某种东西，而突如其来的变化就像一只猛然跃出的野兽。

在最初的几周里，白天似乎很漫长，那两个孩子很乖，我也常常能拥有美妙的"独处时光"——在学生们吃完茶点、上床睡觉后，通常离我就寝还有那么一小会儿，于是我可以自娱自乐，享受这段时光。虽然我乐于与他们做伴，但对于每天之中这片刻独享的光阴，我还是尤为珍惜。其中最让我钟情的时刻，是天光变暗——或者说，白日将尽的时候，在一片绯红的天空中，迟归的鸟儿站在老树枝头发出离别的鸣叫——这时我可以到花园里转转，几乎怀着一种拥有它的愉悦，欣赏着这里的壮美和威严。每每这时，我心中静谧安详，满溢着无声的喜悦。无疑，我也会想到，凭我处事小心谨慎、沉稳理智和高尚的品行，我也给别人带来了快乐——但愿他能想到这点——我正在把快乐给予那个对我施加压力的人。我在做的，正是他热切希望、恳切要求的，而且，我也确实能够胜任，事实证明我得到的快乐比我预料的要多得多。简而言之，我幻想自己是出类拔萃的年轻女子，并且相信，将来定会让人刮目相看，一念及此，我便由衷地感到欣慰。因此，面对那些即将露出端倪的异常情况，我也必须拿出非凡的勇气。

一天下午，正当我沉浸在自己的休闲时光，意外突然降临了。孩子们被带去吃茶点，我便出门散步。如今，我对记述当时所发生的事情已经没有半点顾虑。在我每日漫步时，有个念头常常萦绕在我的脑海：要是能像迷人的故事里写的那样，突然遇见某位英俊的男子，那实在是妙不可言。他也许会出现在某条小路的拐弯处，站在我面前，微笑着，对我表示赞赏。我的要求并不多——只求他理解我的一片心意；而判断他知晓我心意的唯一办法，就是看到他那俊朗的面孔上，闪动着温柔喜悦的光彩。这种场面的确在我眼前出现过——我是说那张脸——在那个漫长的六月，一天白昼将尽的时候，第一次出现了。当时我刚刚走出一片人工林，府邸便映入眼帘。刹那间我被定在原地，因为我意识到，我的想象突然变成了现实。我大吃一惊，以前我所经历的任何场面对我的震撼都没有如此强烈。他的确站在那里！——但是高高在上，在比草坪更远处，那座塔楼的楼顶，就是第一天上午弗罗拉带我参观过的那座塔楼。那是两座塔楼中的一座——两座塔楼都是方形，不对称，带有雉堞的结构——由于某种原因，它们被分为新塔和旧塔，虽然我也不大能说出有什么不同。两座塔从两端拱卫着府邸，这在建筑学上可能是很荒唐的，但是，它们既没有完全分离，高度又不是很离谱，所以还算是气派。从塔楼略显俗气的古老装饰来看，约莫是浪漫主义复兴时期的作品，那已经成为令人肃然起敬的往昔。我很欣赏两座塔楼，常常引起我的许多遐想，因为在某种程度上，我们算是都可以从中获益，特别是当塔楼在晨昏中隐隐耸立，那坚实的雉堞雄伟庄严。然而，我那朝思暮想的人儿似乎不应该出现在这么高的地方。

我记得，在清朗的暮色中，那个身影让我两次紧张得喘不过气来。那感觉如此强烈，先是最初的震惊，之后是席卷而来的惊诧。第二种感觉是对第一种感觉的强烈否定，因为我猛地意识到，我第一眼大错特错了：出现在我眼前的并不是我日思夜想的那个男人。当时我看花了眼，因此这么多年过去后，我不指望能生动地描绘出我当时看见的东西。对于在闭塞环境中长大的年轻女人而言，在偏僻幽静的角落，一个素不相识的男人蓦然出现在眼前，当然会颇为恐惧。那个人面对着我——有几秒钟，我确信——他既不是我思慕的那个人，也不是我认识的别的什么人。我在哈雷街没有见过此人——在任何地方都没有见过。不仅如此，更为诡异的是，此人的出现，似乎令此地瞬间变成了一片荒野。至少对我来说，当我用一种从未有过的慎重态度在这里讲述的时候，当时的整个感觉都回来了。我想起那个人——似乎我想到的一切——当时在场的一切都被死神笼罩着。写到这里，我仿佛又能听到那深深的宁静，听到在那宁静中渐渐归于沉寂的傍晚的声音。金色的天空中，秃鼻乌鸦停止了噪叫，一瞬间，美好的时光失去了所有的声音。但是在大自然中没有任何其他变化，除非我用陌生人敏锐的目光来细细观察。天空中依然是一片金光灿烂，空气依旧清新，那个越过雉堞眺望着我的男人，就像装裱在框中的画一样清晰。就这样，我飞速地思考着他可能是谁，但他谁也不是。我们彼此遥遥相对了很久，足以让我怀着强烈的好奇追问自己：他到底是谁？由于无法回答这个问题，我的好奇心变得更加强烈了。

后来我才明白，其实重要的问题，或者重要问题之一，是应该搞清楚这种情况究竟已经持续了多久。至于我遇到的这件事，你们可以随便怎么想，总之就在我和那人彼此对视的过程中，我想到十多种可能，然而没有一种更有说服力。看得出来，这座府邸中曾有一个我没有听说过的人。我首先应该搞清楚此人在这里多久了。在我们对视时，我尽力克制这种想法，我的职责要求不允许有任何这类我不知道的情况出现，也不允许有这样一个我不知道的人存在。我们面面相觑，这个不速之客身上带有某种怪异的无拘无束的神气，因为我记得，他没有戴帽子，这是他对这里很熟悉的迹象。他从那座塔楼顶上望着我，我只能透过渐渐黯淡的天光努力看着他，脑子里满是因他出现而引发的问题。我们之间的距离太远，无法互相招呼，然而倘若有那么一瞬间，我们之间的距离能更近一些，彼此就会顺理成章地打破沉默，相互较量一番。他笔直地站在离这座府邸较远的拐角，双手扶着塔楼的边缘，那一幕我终生难忘。我清清楚楚地看见了他，就像我看这纸上的文字一样清楚。少顷，准确地说，是在一分钟后，仿佛他想进一步加深我的印象似的，他缓慢地移动了自己的位置——一边目不转睛地看着我，一边走到平台的另一角。是的，我强烈地意识到，在他移动的过程中，他的眼睛始终没有离开过我。此时此刻，他走动时那只手从一个雉堞移向下一个雉堞的样子，仍历历在目。他在塔楼的另一角停下了，但没停多久，甚至在他将要转过身去时，依然深深地凝视着我。最后，他终于转身离开了，而这就是我所知道的一切。

第四章

当时，我并没有不等下文便离去，我整个人惊呆了，好像被施了定身法，挪不动步子。难道说布莱庄园有个"秘密"——"奥多芙的神秘"[1]式的秘密，或者有个关在无人知道的地方的不可告人的疯子亲戚[2]？我说不出究竟将这件事翻来覆去考虑了多久，或者说，不知道在惊奇、恐惧和惊慌中我站在原地待了多久。只记得，当我再次走进府邸的时候，天已经很黑了。在这期间，我一定被激动不安的情绪主宰、驱使着，所以我一直在原地打转，足足走了三英里路。然而，恐怖才刚刚开始，今后我将面对的更为恐怖之事

---

[1] 指英国女作家安·拉德克利夫（Ann Radcliffe, 1764—1823）于1794年创作的哥特小说《奥多芙的神秘》（*The Mysteries of Udolpho*），讲述了女主角被囚禁在一座阴森神秘、鬼影幢幢的城堡中，其间发生了许多恐怖怪异的故事。
[2] 指的是《简·爱》中男主角罗切斯特的精神失常的妻子，被囚禁在阁楼里。

必将汹涌而来，相形之下，这不过是人世的几分心寒之感而已。事实上，那天最特别的地方——如同此后发生的情形一样特别——是在大厅里，我见到格罗斯太太时猛然意识到的事情。先前的景象又一幕幕浮现在我的眼前，进屋后我看到，大厅那镶着白色嵌板的宽敞空间，在灯光映照下分外明亮，墙上挂着一幅幅肖像画，地上铺着红色地毯，看到我的伙伴大惊失色的样子，我立刻明白，她在盼着我回来。我跟她交谈起来，她完全是诚心诚意，我的出现使她的焦急一扫而空，从她的表情来看，她对于我即将要讲的这次意外事件一无所知。我事先完全没有想到，她宽慰的笑容会使我欲言又止，我又思量了一下所见之事的严重性，发现自己有些犹豫，不知道该不该提及此事。在这个过程中，最稀奇的是，尽管我已经开始感到真正的恐惧，但是出于爱护朋友的本能，我不想让她也担惊受怕。于是，在那里，在那个令人愉快的大厅里，在她的注视下，我出于某种一时无法说清的原因，经过了一番思想斗争之后，并没有把事情告诉她，而是为自己的迟归找了个含糊的借口，谎称夜色优美，露水沉重，弄湿了双脚，所以耽搁了些，之后我便尽快回到了自己的房间。

这样一来，事情就完全不同了。许多天过去了，这事更是成了未解之谜。我每天抽出几个小时，把自己关在房间里仔细思考，有时甚至在工作的时候也忍不住去想。虽然我还没紧张到无法忍受的地步，却很担心将来会发展到那一步。对于那个我不知为何格外关切的不速之客，我反复琢磨，但仍然想不通。不久我便发现，这个家里的任何复杂问题，我无须调查盘问，都能搞清楚。我所受到的惊吓肯定使我的全部感官变得更加敏锐了。经过三天严密的观察，我确信自己既没有被仆人们欺骗，也没有成为他们耍弄的对象。这件事到底是怎么回事，周围的人并不知情。只有一个猜想合情合理：有人放肆得近乎出了格。我每次躲进房间，锁上门，总是反复这样告诉自己。我们大家已经受到了一次侵扰，某个无耻的游客，出于对古老府邸的好奇，趁没人发现的时候偷溜了进来，从最好的角度饱览了这里的景色，又像他来时那样溜了出去。他当时肆无忌惮地盯着我，也不过是他行为放肆、不检点罢了。所幸的是，我们总算不会再见到他了。

　　我承认，在我心中，最好的事情便是我那迷人的工作，没有比这更有意义的事了。我心爱的工作就是能和迈尔斯、弗罗拉朝夕相处，而最让我热爱它的原因是，即使在烦恼的时候，我也能全身心地投入其中，将一切麻烦抛之脑后。我的两个小学生天真可爱，常常给我带来无比的快乐，回想起当初自己那种毫无根据的担心，我真是颇感诧异。一开始我以为当家庭教师可能会单调乏味，心中难免会有反感。现在看来，这份工作既不单调，也不枯燥，每天的生活都是那么美好，让人怎能不对工作着迷呢？这里既有育儿室里的浪漫气氛，又有教室里的诗情画意。当然，我的意思并不是说我们只学习小说和诗歌，我的意思是，我无法用别的字眼表达出那两个学生激发出的乐趣。我只能这么说，同他们在一起，我并没有觉得日子渐渐平淡，而是常常有崭新的发现。这对一位女教师来说可真是个奇迹：当过教师的姐妹们可以给我做证！但是，毫无疑问，有一个方面我却没有任何新发现，即迈尔斯在学校的行为如何，我心中仍是茫然。我发觉，没过多久，面对这个谜团，我已经没有一丝痛苦。也许这样说更接近事实——他自己什么也没说——却让问题得到了澄清和解决，他让整个指控显得荒谬至极。端详着他天真无邪粉红色的小脸，我得出了结论：他不过是太善良、太正派了，与那狭小可恶、肮脏龌龊的学校格格不入罢了，他已为此付出了代价。我敏锐地认识到，一个卓尔不群、品学兼优的学生，难免会引起大多数人的嫉妒，让人怀恨在心，甚至那些头脑糊涂、心术不正的老师和校长也难辞其咎。

两个孩子都很温顺文雅（这是他们唯一的瑕疵，但迈尔斯绝没有因此而显得娘娘腔），这使他们——我该怎么说呢——对一切淡然处之，不悲不喜，让人也没有理由去惩罚他们。两个孩子就像传说中挥着翅膀的小天使，在道德上简直纯洁无瑕！我记得，与迈尔斯相处时，我觉得他根本没有任何前科。我们总是以为孩子在各方面都是弱者，然而在这个俊美的小男孩身上，有些异常敏感的东西，可他又异常快乐，比我以往见过的同龄孩子都要突出，仿佛每一天对他而言都是新的开始。他似乎从未受过半点痛苦的折磨，我认为这恰好证实了他从未受过处罚。如果他之前做过坏事，必然会受到惩罚，而我就能从他的反应中窥见端倪——从他的创伤和羞耻中发现蛛丝马迹。然而，我根本什么也没有发现，所以他就是天使。他从来不说他的学校，也只字未提任何一位同学或老师；而我，由于对他们有太多反感，于是也缄口不言。当然，我的确是被迷住了，可最诡异的是，尽管我当时就清楚自己着了魔，可还是心甘情愿地上钩。对于任何痛苦，这都是一剂解药，而我的痛苦非止一桩。那些日子，我接连收到家里寄来的让人心烦的书信，家里的日子很不好过。但是有这两个天使般的孩子跟我做伴，世上还有什么大不了的事呢？我常常在工作之余，独自休息的时候，反复追问自己。他们的天真可爱着实让我心醉神迷。

言归正传，某个礼拜天，下起了暴雨，一下就是好几个小时，看样子不能去教堂做礼拜了。因此，天快黑的时候，我和格罗斯太太商量好，要是傍晚天气好转，就一起去参加晚祈祷。幸亏雨停了，于是我便收拾打扮，准备出门。我们要穿过公园,沿着那条好走的路走到村里,总共大约要二十分钟。我走下楼梯,到大厅里和格罗斯太太会合,却忽然想起了我的手套。那副手套需要再缝上三针,先前趁孩子们吃茶点的工夫,我已经缝好了。因为是礼拜天,所以破例让他们在大人用餐的房间里吃了茶点。那间餐厅寒冷又整洁,像是一座用红木和黄铜打造的庙宇。我的手套就落在那儿了,于是我转身进去找。天色已渐渐灰暗,不过下午的光线还盘桓未尽,刚到餐厅门口,在一把靠近紧关着的大窗户的椅子上,我认出了要找的东西。然而,就在这时,我突然意识到窗外有个人正直勾勾地往屋里看。当时我再走一步就能进入房间,只是瞬间一瞥,屋里的情况便尽收眼底。那个直直向房中窥视的人,就是塔楼上的那个人。他这样再次出现,虽不能说他的形象更为清晰,因为那是不可能的,然而,却更接近了,我们之间的距离比上次近了一大步,因此见到他时,我不由得屏住呼吸,周身发凉。他就是那个人——就是那个人,而且这回和上次一样,只能看见他腰部以上。餐厅在府邸的一楼,但窗户却并未落地,所以我看不到他站的露台。他的脸贴近玻璃,奇怪的是,虽然这次我看得更清楚,可上次的印象却在脑海中更加清晰了。他只逗留了数秒——时间很短,却足以让我确信他也看见并认出了我。我仿佛盯着他看了好几年,并且一直都认识他。然而,这次发生了一件上次没发生的事情。他的目光盯着我的脸,穿过玻璃,穿过整个房间,像上次一样深邃执着,但却有片刻离开了我。我跟随那目光在别处一一停留。刹那间,我恍然大悟,他到这儿来并不是为了我。他来是为了别的什么人!于是加倍的震惊袭上我的心头!

这闪电般的醒悟——因为是在恐惧中的醒悟,使我心潮澎湃到匪夷所思的地步,我站在那儿,心中突然涌起、激荡着一股责任感和勇气。我说勇气,是因为我已经把所有的疑惧都抛得远远的。我跃出房间,奔到大门口,接着走上那条甬道,沿着露台全力冲过去,转过墙角,视野顿时开阔了。但此时却空空如也——我的那位不速之客消失了。我停下脚步,松了口气,差点瘫在地上,我打量着四周——想给他点时间等他再次出现。我说给他时间,可究竟是多久呢?如今,我已无法确切地说出这个过程持续了多久,我当时大概失去了时间的概念,但肯定不像我感觉的那么长。露台及整个周围,草坪和草坪后面的花园,猎场中我目之所及之处,四下无人,都空空荡荡的。那里有很多灌木丛和大树,可我清楚地记得,我认为他绝不会藏在那里。如果他在那儿,则必然躲不过我的目光。认定了这一点,我并没有进屋,而是凭着直觉朝那扇窗户走去。恍惚中,我觉得自己应该在他站过的地方体会一下。我确实这么做了,把脸贴在玻璃上,像他那样朝屋里看,就像是为了让我弄清楚当时他看到了什么。在这时,格罗斯太太出现了,她同我刚才一样,从大厅走进了房间。于是,先前那一幕便在我眼前重演。格罗斯太太看见了我,正像我看见那个偷窥者;她像我一样突然刹住脚步,我也让她吃了一惊。她的脸吓得煞白,我不禁自问当时自己是否也面如死灰。她睁大眼睛,愣了一会儿,之后沿着我走的路退了回去。我知道这时她已经平静下来,正绕路出来找我,马上就能见到她。我留在原地没动,一边等一边琢磨着几件事。不过,在此我只想提一件事:我在纳闷她为什么会吓成那样。

第五章

哦,关于这个问题,她刚拐过墙角,再次出现在我的视野里,便让我知道了答案。她向我喊道:"看在上帝的分儿上,请您告诉我,这是怎么回事?"她跑得面色通红,气喘吁吁。

直到她走近了,我才说话:"你问我吗?"我肯定做了个绝妙的鬼脸。"我看起来有什么不对劲儿吗?"

"您的脸白得像纸一样,真吓人啊。"

我心中暗自盘算着,可以趁此机会,大胆说出实情了。当初我是怕格罗斯太太过分担忧才瞒住她不说,此刻这种顾虑已经烟消云散,如果说我有几分踌躇,也并非因为我刻意隐瞒。我向她伸出一只手,她握住了,我也紧紧攥住她的手,有她陪在身边,我感到很心安。她那羞涩的满脸的讶异也成了我可以寻求的某种依靠。"你肯定是来找我一起去教堂的,可我不能去了。"

"发生了什么事情吗?"

"是的。是时候让你知道了。我刚才的样子很古怪吗?"

"您是说刚才贴在窗户上往里看?可太吓人了!"

"是吗,"我说,"我刚才被吓了一跳。"格罗斯太太的眼神分明流露出她不愿被吓到,然而她很清楚自己的身份,无论有什么麻烦,她都得与我分担。哦,这事就这么定了,她必须分担!"一分钟前你在餐厅看到的场面就是事情的结果。先前,我看见的——比这恐怖多了。"

她的手紧紧一握。"那是怎么回事?"

"有个特别奇怪的男人,朝屋里看。"

"什么奇怪的男人?"

"我也说不清。"

格罗斯太太一脸茫然地环视四周。"那他去哪儿了?"

"这我就更不知道了。"

"您之前见过他吗?"

"见过——见过一次。在那座旧塔楼上。"

她更加紧张地注视着我。"您是说,他是个陌生人?"

"是的,不认识的陌生人!"

"可您却没有告诉我?"

"是的——我没说是有原因的。不过,现在你已经猜到了——"

一听这话，格罗斯太太瞪圆了眼睛。"啊，我可没猜到！"她一口否认，"我怎么能猜到呢，该不是您想象出来的吧？"

"我根本没想象什么。"

"除了在塔楼上，您有没有在别的地方见过他？"

"再就是刚才在这儿。"

格罗斯太太又茫然四顾。"当时他在塔楼上干什么？"

"只是站在那儿，俯视着我。"

她寻思了一小会儿。"他是位绅士吗？"

我不假思索地回答："不是。"她带着更深的疑惑打量着我。于是，我重复了一遍："不是。"

"那他不是这个地方的人？不是村里的人？"

"不是——不是。这件事我没告诉你，但我敢肯定，他不是。"

她莫名其妙地松了口气，奇怪，她似乎认为这或许是件好事。不过，这种想法只维持了一小会儿，接着她又说："可他如果不是一位绅士——"

"那他是什么？他是个怪物。"

"怪物？"

"他是——上帝啊，帮帮我吧，但愿我能知道他到底是什么!"

格罗斯太太再度环视四周,将目光锁定在更加黑暗的远处,然后打起精神,转身面向我,没头没脑地说:"咱们该去教堂了。"

"哦,我现在不适合去教堂!"

"是对您有什么不好吗?"

"对他们不好——!"我朝屋里点了点头。

"孩子们?"

"我现在不能离开他们。"

"您是害怕——?"

我脱口而出:"我是害怕他!"

听到这话,格罗斯太太那张宽大的脸,第一次隐隐约约显现出领悟的神色:她终于把一件扑朔迷离的事情弄清楚了。从那表情里我看得出,她终于开始领会了,可那似乎并不是我想让她领会的,而且她究竟明白了什么我也很模糊。突然,我心生一念,想到这事或许可以从她那儿打听出来,这时她也流露出想要了解更多细节的表情。她问道:"那是什么时候的事——他在塔楼上?"

"大约在这个月中旬,也是在这个时刻。"

"天刚擦黑。"格罗斯太太说。

"哦,不,大概没有这么黑。我当时看他就像我现在看你这么清楚。"

"那他是怎么进来的？"

"还有他是怎么出去的？"我笑出声来，"我可没机会问他！今天傍晚，你看，"我接着说，"他就没能进来。"

"他只是偷看？"

"我希望他仅限于此！"此刻，她松开了我的手，身子略微转过去一点。我等了一会儿，然后说："你去教堂吧，再见。我必须在这儿守着。"

她又缓缓向我转过脸来。"您为他们担心？"

我们又久久对视。"你难道不担心？"她没有回答，而是走向窗边，把脸贴近玻璃，足有一分钟。"现在你知道他是怎么看的了。"我接着说。

她没有动。"他在这儿待了多久？"

"一直待到我出来。我出来想会会他。"

格罗斯太太终于转过身来，脸上的表情也愈发平静了。"要是我，就不会出去。"

"我也不会！"我又笑了起来，"但是我硬是出来了。我有我的责任。"

"我也有责任，"她回答道，接着她又问，"他长什么样子呢？"

"我一直很想告诉你，但是他谁也不像。"

"谁也不像？"她重复着。

"他没戴帽子，"接着，从她脸上我可以看出，听了这话，她在脑海中勾勒出一幅画面——这让她更加灰心丧气了，于是我赶紧一笔一笔补充起来，"他长着一头红发，很红，密密的卷发，一张苍白的长脸，五官很立体，直直的鼻梁，留着稀疏的络腮胡子，跟他的头发一样红。眉毛颜色比较深，拱得特别厉害，好像能挑得老高似的。眼睛锐利、古怪——看起来挺吓人，但我记得很清楚，他那双眼睛很小，眼神总是直勾勾的。嘴很宽，嘴唇很薄，脸上刮得很干净，只有些许络腮胡。给我的感觉是，他看起来像个演员。"

"演员！"格罗斯太太这时的样子就很像个演员。

"我从来没有见过演员，可我想他们应该就是那个样子。他个子很高，好动，身子总是挺得笔直，"我接着说，"但他绝不是——是的，绝不是——一位绅士。"

我接着往下说，我朋友的脸色也随之愈发苍白。她的眼睛瞪得圆圆的，满是惊诧，温厚的嘴巴微张着。"绅士？"她一脸茫然、惊慌失措，"他怎么会是位绅士？"

"这么说你认识他？"

她显然在努力地控制自己。"可是，他长得挺帅吧？"

我看出该怎么帮她了。"相当帅！"

"他穿着——？"

"穿着别人的衣服，很时髦，但不是他自己的。"

她气喘吁吁地发出赞同的感叹："那是老爷的衣服！"

我趁势赶紧问道："你当真认识他？"

她只犹豫了一瞬。"是昆特！"她喊道。

"昆特？"

"彼得·昆特——是老爷的贴身仆人，老爷在这儿时的随从！"

"老爷在这儿，那是什么时候的事？"

她的嘴巴还微张着，注意到我的眼神，她赶紧合上了嘴。"他从来不戴帽子，但他确实穿得——很好，老爷有好几件背心都不见了！他们俩都在这儿——去年的时候。后来老爷走了，昆特就一个人留在这里。"

我有些踌躇，但还是追问下去。"一个人？"

"一个人和我们一起，"接着，她好像是用内心更深处的声音补充道，"他在这儿是管事儿的。"

"那他后来怎么样了？"

她沉默良久，我越发觉得神秘。"他也走了。"她终于说。

"到哪儿去了？"

听到这话，她的表情变得匪夷所思。"上帝知道到哪儿去了！他死了！"

"死了？"我几乎惊叫起来。

她正了正身子,努力站得更稳一些,好在解释这桩怪事时显得更坚决。"是的。昆特先生死了。"

第六章

当然,也不单是因为这次特殊的谈话,使我们紧密团结在一起,共同应对目前生活中不可回避的困难。我的责任十分艰巨甚至令人发怵,对此我已领教一二,现实也给了我一些生动的例证。格罗斯太太了解我的处境,她对我肩负的责任半是惊愕、半是同情,最终我们决定齐心协力。这天傍晚,看清了事情的真相后,整整有一个小时的时间,我都精神涣散,筋疲力尽。我俩都没去参加教堂的晚礼拜,而是一起流着眼泪,向上帝祈祷,彼此许下诺言,发誓互相支持。后来我俩的情绪愈发激动,于是一起回到孩子们的教室,关起门来,把一切都说个痛快。我们彼此坦诚相待,终于看清了我们的处境是多么严峻。格罗斯太太什么也没看见,连鬼的影子都没见着。在这个家里,除了我这个家庭教师,没有人陷入这种看见鬼魂的困境。不过,格罗斯太太并没有指责我神经过敏，而是完全接受了我告诉她的事实。当晚我们分别时，她向我流露出一丝满怀敬畏的温情，以及某种不仅仅是因为我有某种特权才对我友好的感情。正是这一举动，让我体会到生而为人最可贵的慈悲情怀，从此我便铭记在心。

当晚，我俩商量好，以后凡事可以共同面对、互相分担。尽管她看不见鬼魂，可我觉得，或许她才承受着最重的担子。该如何去保护我的学生，这点我当时就毫不含糊，后来也很清楚。不过，我还需要些时间来彻底搞清楚，我的忠诚盟友是否准备好了去履行如此艰难的约定。我这个人比较古怪——而我的伙伴几乎同样古怪。不过，当我回想起我们共同经历过的事情，我能看出，我们达成了多少共识，这是因为我们都怀抱着一个信念——只要运气不差，就能靠着这个信念支撑下去。正是这种信念，以及由此引发的行动，引领我从恐惧的暗室中走了出来。至少，我能到院子里透透气，格罗斯太太也会陪在我身边，与我做伴。如今，我还能清楚地回忆起那天晚上我们分别时，心中是如何不同寻常地充满了力量。我所目睹的一切，每处细节、每个要点，我们都反复讨论了一遍又一遍。

"您是说，他当时寻找的不是您——而是别的什么人？"

"他在找小迈尔斯，"一个不祥的念头笼罩着我，"他找的就是小迈尔斯。"

"可您是怎么知道的呢?"

"我知道,我知道,我知道!"我变得更加兴奋,"而且你也知道,亲爱的!"

对此她并没有否认,她不用开口,我也能明白她的意思。过了一会儿,她接过了话头:"要是他看见他会怎样?"

"你是说小迈尔斯?那正是他要找的人!"

看上去她又吓了一大跳。"那个孩子?"

"真是丧尽天良啊!我是说那个男人。他想要在孩子面前显形。"他或许有个可怕的念头,可我还是能让他的鬼蜮伎俩落空。而且,我们在那里对峙时,我的确已经证实了这一点。我完全肯定,已经见到的还会再次见到。然而,我的心中久久回荡着一个声音:我应该勇敢地献出自己,一人扛下这所有的磨难,我要接受甚至招引可能发生的一切灾祸,并且要完全战胜它,我应该成为抵罪的牺牲品,保卫周围人们的安宁。特别是孩子们,我应该成为一道屏障,绝不让魔鬼动他们分毫,我要彻底挽救他们。记得那天晚上,最后我还对格罗斯太太说起一件事。

"奇怪,我的学生居然从来没有提过——!"

我若有所思地站起来,她紧紧盯着我。"孩子们没提过他待在这儿和他们一起生活的事?"

"无论是他们相处的时光,还是他的名字、他的相貌、他的过去,半句都没提过。"

"哦,弗罗拉小姐不会记得。她从来没有听说过,也不知道。"

"你是说他死亡的详情吗?"我紧张地盘算着,"也许她是不记得了,可迈尔斯会记得——迈尔斯会知道。"

"啊,别去问他!"格罗斯太太冲口而出。

她目光灼灼地注视着我,我也回望过去。"别担心,"我继续思索着,"这事可真古怪啊。"

"迈尔斯从来没有说起过他吗?"

"绝对没有,可你告诉我他们曾是'好哥们儿'?"

"哦,那不是他说的!"格罗斯太太强调,"那是昆特自己胡思乱想的。他整天带着他玩,我是说——要把他宠坏了,"她稍稍停顿,又补充道,"昆特太随便了。"

听了这话,我的眼前突然浮现出他的面孔——那是怎样的一张脸啊!我突然一阵恶心。"对我的小迈尔斯太随便?"

"对每个人都太随便!"

当时我克制住了,没有细细推敲格罗斯太太的这番话,只是条件反射地想到,或许跟这宅子里的人脱不了干系,也就是跟目前仍在这座庄园干活的六七个仆人有关。不过幸好,就我们所知,在大家印象中,关于这个古老的庄园,还未曾有过让人不适的流言蜚语,下人们也没干过什么见不得人的事情，这座府邸既无污名又无恶名。格罗斯太太只是在一旁默默地颤抖，看得出来她想和我在一起。最后，我还是试探了她一次。当时已是午夜，她一只手扶在教室的门上准备离去。"那么我问你——因为这至关重要——是不是大家都认为他是个坏蛋？"

"哦，并不是大家公认的。我知道——可老爷不知道。"

"你从来没跟他说过？"

"这个——他不喜欢有人告状——他讨厌听别人抱怨诉苦，也最容不得那种事情，而且只要是他看谁顺眼——"

"他就懒得去找那人麻烦？"这和我对他的印象完全一致，他绝不是个爱找麻烦的绅士，他对常年在左右服侍的下人，并不怎么挑剔。尽管如此，我还是紧逼着格罗斯太太继续说。"我敢保证，如果我是你，我早就告诉他了！"

她明白我已洞悉一切。"我承认过去是我错了，可我真的害怕。"

"害怕什么？"

"害怕那家伙会干出什么事情。昆特相当精明——特别老谋深算。"

我把这话听进心里，它在我心中引起的震撼可能比我外表显露出来的还要剧烈。"你就不害怕别的吗？不怕他造成的影响——？"

"他造成的影响？"她喃喃地重复着，一脸痛苦的表情，等着我把话说完。

"影响那两个天真无邪、可爱幼小的生命。过去他们可是由你照管的。"

"不，他们之前不归我管！"她断然又绝望地回答，"过去老爷很信任昆特，把他派到这儿，是考虑到他身体不太好，乡下的空气对他有好处。所以，那时候的大事小情都是他说了算。是的，"——她的话让我明白了——"甚至连孩子们的事情也是由他做主。"

"孩子们——也得听那家伙的？"我拼命压住我的怒吼，"这你也能容忍？"

"不。我不能容忍——而且我现在也不能容忍！"这个可怜的女人失声痛哭起来。

从第二天起，照我说的办法，我们开始严格控制两个孩子的行踪。整整一个星期，我和格罗斯太太常常激动地讨论起这个话题。上礼拜天的晚上，尽管我们谈论了很久，可我心中仍然蒙着一层阴影，尤其是与她分别后那几个小时，总是担心她还有事情没告诉我，于是可想而知，我那晚到底睡没睡。我已毫无保留地讲出了自己了解的一切，可格罗斯太太依然有所保留。经过一夜思考，到第二天早上，我已确信这并非因为她不够坦诚，而是她心里还有种种顾虑。如今回想起来，我发觉，第二天早晨太阳升起的时候，我终于把所有事情弄清楚了。我不眠不休地思考着摆在我们眼前的事实，连后来发生的更残酷的事件的深意都琢磨到了。我最为担忧的还是那个男人生前的恶行——他人虽死了但贻害不浅——以及他在布莱庄园逗留的那段日子，这两者相加，整件事情的恐怖又增添了几分。那段邪恶的时光直到某个冬日的早晨才告终，有个早起去干活的工人发现彼得·昆特死在了从村里来庄园的路上，浑身已冰冷僵硬。有传言说，这场惨剧——至少表面看起来似乎说得过去——是因为他头上那道明显的伤口所致。漆黑的夜里，他离开酒馆后，走了岔路，一脚踩空，在结冰又陡峭的斜坡上滑倒了，造成了这道致命的伤口，后来的证据也表明的确如此，他的尸体就躺在斜坡底下。结冰的陡坡，夜里拐错了弯儿，再加上喝醉了酒，足够说明问题了——实际上，最后，经过尸检报告和人们的一番添油加醋，他的死倒也有了个圆满的解释。不过，他生前举止怪异，行踪诡秘，心地险恶，劣迹斑斑——这些都说明他的死并不简单。

我不太清楚该如何把我的故事写成文字，才能真实可信地反映出我当时的心态。不过，在那段日子里，受形势所迫，我生出异乎寻常的英雄主义精神，这也给我带来了几分喜悦之情。我意识到，自己承担的是一项令人钦佩又举步维艰的任务，若是能让人们看到——啊，恰恰是在这个领域！——许多姑娘都惨遭失败，而我却能够成功，这将是对我莫大的鼓舞——我承认，当我回首往事，我真想为自己欢呼喝彩！——心怀此念，我才坚定干脆地扛下了这副重担。我在保护和捍卫着世界上最孤苦无依、让人怜惜的小生命，他们柔弱无助的呼唤，在我心中愈发清晰，我那颗充满正义和责任感的心，为之隐隐作痛。我们被人截断了退路，面临共同的危险而团结在一起。除了我，他们一无所有，而我——还好，我有他们。简而言之，这是个千载难逢的机会，这机会既形象可观，又触手可及。我就是一道屏障——理应为他们遮风挡雨。我看见的越多，他们看见的就越少。我开始暗中提心吊胆地守护着他们，尽管内心极度紧张，表面却要装作什么都没有发生，长此以往，我想自己一定会精神失常的。现在看来，我之所以能够得救，是因为局面彻底发生了变化。事情不再悬而未决——取而代之的是可怕的证据。证据，没错——从那一刻起，我真正掌握了这里有鬼的证据。

一天下午，我恰巧和弗罗拉在庭院里消磨时光。迈尔斯留在屋里，他坐在一把靠窗的、红色坐垫的椅子上，想要读完一本书。看到年轻人如此有志气，我很欣慰，也很鼓励，因为他唯一的小毛病就是有时候过于好动。跟他相反，他的妹妹急着要出门，我和她一起在院子里溜达了半个小时，我们专找树荫，因为那会儿太阳还很高，天气格外炎热。走着走着，我又一次感慨，她像她的哥哥一样，总是能巧妙地既不过分粘我，让我有自己的空间；又不刻意疏远，让我觉得失落，这也正是他们的迷人之处。他们从不跟人纠缠不休，也绝不冷漠应付。我对他们的监护，实际上就是看着他们没有我也能自得其乐。他们玩得投入又高兴，而我的任务就是充当一个积极的赞美者。我生活在他们创造出来的世界里——他们从不需要我出什么主意，对他们而言，我只需花点时间，扮演某个了不起的人物，或者充当游戏需要的某种道具就足够了。幸亏我天性热情，什么都不放在心上，对我来说，这倒是个既有趣又高雅的清闲活儿。我忘记了那天我扮演的是什么角色，只记得是个至关重要却又不用说什么话的闲职，而弗罗拉正玩得起劲。我们就在湖边，那段时间正刚开始学习地理，于是这个湖就成了"亚速海"[1]。

在这湖光山色之间，我突然发现在"亚速海"的对岸，似乎有个人正兴致勃勃地观察着我们。颇为诡谲的是，这种感觉来得很突然。当时，我坐在那条面对着湖泊的古老石凳上，手里做着针线活儿——当时我在游戏里扮演的是个可以

---

[1] 乌克兰和俄罗斯之间的内陆海。

坐下来的角色。从那个位置，虽然我只是用眼睛的余光一瞥，但我确信，远处有第三者在场。那些古老的森林，繁茂翁郁的灌木丛，交织成巨大而凉爽的树荫。在这炎热而幽静的下午，树荫之中也是一片光明。所有的一切没有半点模糊，全都是那么清清楚楚。至少，随着时间的推移，我渐渐明白，倘若我抬起眼睛，会在湖对岸看到什么。在那紧要关头，我尽力控制自己，双眼紧紧盯着手上的针线活，以便镇定下来，想清楚下一步该怎么办。我的视野中有个陌生的物体——一个人，而我立刻强烈意识到，他不该在这里出现。我冷静下来，脑海里闪过种种可能性，同时提醒自己，附近一带的某个男人出现在这里，也是很正常的事，或许是信使、邮递员，或者是村里商店的小伙计。可是，种种推测都没有动摇我的信念——虽然我仍旧没有抬眼看那个人，但我坚信，站在湖对岸的绝不是我刚才想到的那些人。

我确信，只要我鼓起勇气，就能弄清对面"不速之客"的身份。这时，我慢慢积蓄着力量，将目光渐渐转移到小弗罗拉身上，此刻她离我大约有十英尺远。我不知道她是否也看见了对岸的东西，一念及此，我不禁既惊又怖，甚至心脏也漏跳了几拍。我屏住呼吸，等待她即将发出怎样的叫喊，她究竟会觉得有趣还是震惊，叫喊声会给我答案。我静静等待着，然而却什么也没有发生。不过，我察觉到某种更可怕的东西：我先是意识到，她在一瞬间突然变得无声无息，紧接着，她转过身来，背对着湖水玩耍。当我终于看向她的时候，她的样子像是知晓我们俩都处于那人的注视之下。这时她捡起一块小木片，木片上恰巧有个小洞，她灵机一动，在小洞上插上一根小木棍当桅杆，于是便做成了一条船。我紧紧注视着她，她正专注地把小木棍固定住。看到她做的这些，顿时我的勇气油然而生，刹那间我觉得自己做好了准备。于是我移动目光——去面对我不得不面对的一切。

第七章

事过之后，我尽快找到格罗斯太太，我简直无法清楚地说出，刚刚那会儿是怎么熬过来的。我一头扑进她的怀里，听见了自己的哭喊。"他们知道——这太可怕了！他们知道，他们知道！"

"到底知道什么——？"她搂着我，我感觉到了她的疑惑。

"就是，我们知道的一切他们都知道——天知道还有什么别的！"之后，她松开我，我便向她和盘托出，也许直到现在我才能连贯地讲清楚当时的情况。"两个小时前，在花园里，"——我都有些口齿不清了——"弗罗拉看见了！"

听了这话，格罗斯太太的神情仿佛她的肚子上受到了重重一击。"是她告诉您的？"她气喘吁吁地问。

"她一句话也没说——这才可怕呢！她自己憋在肚子里！这孩子，她才是个八岁的孩子呀！"这时候我还没有从震惊中恢复过来。

格罗斯太太当然更是惊得瞠目结舌。"那您是怎么知道的？"

"当时我就在那儿——我亲眼看见的。我看出来她完全知情。"

"您是说她知道'他'？"

"不，不是'他'——是个女人。"我说这话时，肯定是一脸惊愕，我的伙伴脸上也慢慢浮出同样的表情。"这次——是另外一个人，同样邪恶又恐怖：一个穿黑衣的女人，面色苍白，真是可怕——也是同样的神情，也是那样一张脸！——就在湖对岸，我和孩子正在那儿安安静静地做游戏，她就那么来了。"

"怎么来的——从哪儿来？"

"从来的地方来呗！她突然出现，就站在那儿——不过没有那么近。"

"她没有靠近些？"

"哦，没有，可她给我的感觉就像跟你这么近！"

我的伙伴仿佛受到了一股怪异的冲击，浑身一震，后退了一步。"你是不是也从来没有见过她？"

"是的。可那孩子见过她，你也见过她，"这时，为了表示我已心知肚明，我终于说破，"是我的前任——那个死了的家庭教师。"

"杰塞尔小姐?"

"杰塞尔小姐。你不相信我的话吗?"我追问道。

她痛苦地来回扭动着身子。"这您怎么能确定呢?"

我的神经绷得正紧,她这话立刻在我心中激起一团焦躁的怒火。"那你去问弗罗拉吧——她知道!"可话一出口,我又赶紧忍住了,"不,看在上帝的分儿上,不要去问她!她会说她不知道——她会撒谎的!"

格罗斯太太并没有吓得惊慌失措,出于本能,她提出了异议。"啊,您怎么能这么说呢?"

"因为我很清楚,弗罗拉不想让我知道。"

"当时她那么做,可能只是为了不伤害您。"

"不对,不对——这里面大有文章,大有文章!我越是思前想后,看到的东西就越多,看到的越多,我就越担心害怕。我不知道现在还有什么我没看见的——还有什么我不害怕的!"

格罗斯太太努力想弄懂我的意思。"您是说您害怕再见到她?"

"哦,不,现在——已经无所谓了!"然后,我解释道,"我害怕的是再也见不到她。"

格罗斯太太的脸色依旧苍白。"我不明白您的意思。"

- 66 -

"哎呀，我怕的是这孩子会继续这么干——这孩子肯定还会跟她来往——却瞒着我。"

一想到这种可能，格罗斯太太的精神一下子垮了，好在她很快又振作起来，似乎有股力量在支撑着她。她渐渐明白，只要我们稍稍屈服，当真就会功亏一篑。"哎呀，天啊——我们必须镇定！而且，说到底，既然弗罗拉都不在乎，那我们又操什么心呀！"她甚至想开个可怕的玩笑，"也许她还喜欢呢！"

"喜欢那种东西？——一个乳臭未干的小丫头？"

"那不恰恰证明她可爱又天真吗？"我的朋友大胆地反问道。

那一刻，她几乎把我说服了。"哦，我们必须相信这一点——我们必须坚信不疑！如果事实不像你说的那样，那就证明——天知道证明什么！那个女人是恐怖至极的魔鬼。"

听了这话，格罗斯太太的眼睛一直盯着地面。过了一会儿，她抬起眼睛。"请告诉我，您是怎么知道的。"

"你是承认她的确如此了？"我喊道。

"告诉我您是怎么知道的。"我的朋友简单地重复着。

"怎么知道的？因为我亲眼看见了她！看见了她看人的眼神。"

"您的意思是说，她看您的时候——目光非常邪恶？"

"天啊，不是看我——要是看我，我还能承受得住。可她一眼都没瞧我。她只是紧盯着那孩子。"

格罗斯太太努力想象着那个场面。"紧盯着她？"

"啊，用那双异常可怕的眼睛！"

她盯住我的双眼，仿佛我的眼睛与那女人的眼睛相似。"您是说那双眼睛让人厌恶？"

"上帝呀，请帮帮我们吧，比那还要糟。"

"比厌恶还要糟？"——这话让她如堕五里云雾。

"那双眼睛里有一种无法形容的——决心，一种疯狂的打算。"

听了这话，她面如死灰。"什么打算？"

"想要得到她。"格罗斯太太——正紧紧盯住我的眼睛——她身子一抖，走到了窗前，正当她向外眺望时，我接着说，"而弗罗拉知道这些。"

过了一会儿，她转过身来。"您说那人穿着一身黑衣？"

"穿着丧服——穷困潦倒的样子，几乎是衣衫褴褛。但是——是的——她美得不同寻常，"通过我一笔笔的描绘，我的信心已渐渐令格罗斯太太屈服，看得出来这话在她心里分量不轻，"哦，她很漂亮——简直太漂亮了，"我继续强调，"可以说她美得惊人，但却有些下贱。"

格罗斯太太缓缓走到我身边。"杰塞尔小姐——过去是有些随便。"她再次伸出双手握住我的一只手,握得那么紧,好像要使我坚定起来,使我能够扛住伴随真相暴露而产生的越来越大的恐慌。"他们俩都挺随便的。"她最后说道。

于是,一时间,我们再次共同面对问题。眼见事情如此袒露,我觉得大有裨益。"我理解,"我说,"到目前为止,对他们俩你从未发表任何评论,这是出于你为人极为正派,但是,是时候告诉我事情的始末了,"她似乎赞同我的说法,可她依然沉默不语,见状我继续说,"我现在必须知道。她是怎么死的?说吧,他们之间肯定有什么事。"

"什么事都有。"

"哪怕地位有差距——?"

"噢,他们根本不管自己的身份、地位,"她伤心地说出了实情,"她原本是一位淑女。"

我思索了片刻,才明白了她的意思。"是的,她是一位淑女。"

"而他却下贱得要命。"格罗斯太太说。

我觉得,我无须逼得太紧,她也不过是个仆人,但是她对我那前任自甘堕落的评头论足,我大可以听听。处理这件事要讲究方法,我就是这么做的。我越发看清了主人这位已故贴身男仆的形象:他为人精明、相貌俊俏,但却厚颜无耻、恃宠而骄、品性堕落。"那家伙是条狗。"

格罗斯太太若有所思，似乎觉得也许与鬼比起来这算不了什么。"我从来没有见过像他那样的人。他常常肆意妄为。"

"对她吗？"

"对他们所有人。"

这时，在格罗斯太太的眼里，杰塞尔小姐的身影似乎再次闪现出来。无论如何，有一刹那，我好像看到那双眼睛把她招来了，清楚得就像我在池塘边看见她一样，于是我果断说出了自己的心里话。"她肯定也想这样！"

格罗斯太太的表情意味着事实的确如此，不过，与此同时她又说："可怜的女人——她为这付出了代价！"

"那你知道她是怎么死的？"我问道。

"不——我什么也不知道。我不想知道，我很庆幸自己不知道，感谢老天，她到底算是解脱了！"

"可是，当时，你也有自己的看法——"

"关于她离开这里的真正原因？哦，是的——似乎是这样。她不能再待下去了。想想看，在这里……一个体面的女教师却干出那种事儿来！到后来，我琢磨——而且我现在还常常琢磨这事儿，我琢磨出来的事儿真可怕。"

"但绝没有我想到的东西可怕。"我回答。这时我肯定在她面前露出了一副备受打击、无比辛酸的样子——因为我的确如此，不过我还尚且清醒。这又激起了她对我的无限同情，看到她这么温柔体贴，我再也无法控制自己。我的热泪夺眶而出，也感染得她泪流满面。她把我揽到她那母亲般的怀里，我的悲伤瞬时如决堤的洪水，滚滚而来。"我不干了！"在绝望中我抽泣着，"我再也不救他们、再也不保护他们了！我做梦也想不到情况会这么糟。他们着魔了！"

第八章

我对格罗斯太太说的完全是实话：我把这件事的种种奥秘，以及更深入的、可能发生的情况都跟她讲明，可我却缺乏继续调查下去的决心。因此当我们再次讨论起这件事，都有着共同的想法：必须停止漫无目的的想象。我们可以什么都不管，但必须保持头脑清醒——鉴于已经发生的那些不同寻常的经历，不去胡思乱想的确是很难。这天深夜，等全家都睡熟了，我们俩在我的房间里又进行了一次长谈。我和她把事情从头到尾分析了一遍，之后得出结论，毫无疑问，我看到的就是昆特和杰塞尔小姐的鬼魂。我发觉，为了让格罗斯太太完全相信，我只得问她，如果是我"胡编乱造"的，那么，我怎么能说得出那两个在我面前显形的幽灵的样子？我的描述细致入微，根据我交代的相貌特征，她能立刻辨认出那是谁，说出他们的名字。当然，她希望不要再提此事，这倒也完全可以理解，我也不能责备她。我连忙向她保证，我对这件事的兴趣，已经变成了仅仅是想要找到一条出路，好避开灾祸。我诚心诚意地跟她讲，鬼魂很可能会在周围再次出现——我们认为这是必然的——所以我应该习惯这种危险。我明确表示，我个人的安危已经无关紧要。最难以忍受的是我心中刚刚生出的疑虑。不过，几个小时的长谈，还是让我获得了些许宽慰，对眼前的烦恼也不太在意了。

这是我第一次向格罗斯太太毫无保留地倾诉。跟她分开后，我自然又回到学生们身边，他们的魅力大大缓解了我的沮丧情绪。我发觉，对他们的爱是可以培养的，并且这份爱还从来没有让我的希望落空过。换句话说，我重新投入到和弗罗拉相处的独特气氛中，渐渐意识到——那简直是一种享受！——她那敏感的小手能直接抚慰我的痛处。她端详着我，样子天真可爱，她责备我，说我刚刚"哭过"。我本以为自己擦掉了那些难看的痕迹，然而在这种无法估量的关爱之下，我却第一次为脸上的泪痕没有擦干而由衷地感到快乐。凝视着她那双碧蓝的眼睛，谁要说那眼睛里的明澈与纯真是早熟的狡诈，绝对是愤世嫉俗的罪过。相对而言，我自然更愿意公开放弃我先前的判断，况且到目前为止，那似乎只是我的杞人忧天，但我不能仅仅因为心中的愿望就随便放弃。夜深人静之时，我一遍遍跟格罗斯太太倾诉——当空气中充满了孩子们的欢声笑语，他们依偎在我的胸前，香喷喷的脸蛋靠着我的脸颊时，我常常感觉除了他们的天真和美丽，其他一切都是虚空。可惜的是，要把这件事真正搞清楚，我不得不再次提到那天下午在湖边时那些微妙的迹象，正是那些迹象，使我当时表现出罕见的镇定。不幸的是，我必须重新核实那个时刻的真实性，再次回溯我是如何突然醒悟，当时令我感到惊讶、不可思议的情感交流，对于弗罗拉和杰塞尔小姐的幽灵而言，却是一桩早已存在、彼此熟悉的事情。遗憾的是，我不得不再次颤抖着说出，由于我的疑惑以及诸多别的原因，当时我没有想到，那个小姑娘其实看见了前来看望我们的杰塞尔小姐的鬼魂，就像我看见格罗斯太太一样真切。不仅如此，她还想要（通过她的种种小动作）让我以为她没看见。并且，她完全不动声色，想要让我怀疑自己是否真的看见了！不幸的是，我还得再次描述她想转移我注意力的那些诡异的小举动——明显增加的动作，更热烈地做游戏、唱歌，喋喋不休地讲话，还拉着我跟她一起胡闹。

然而，如果我不沉浸在这种回顾之中，不证明在那之中并没有什么蹊跷，我就会错过两三条模糊不清但多少能给人安慰的理由。比方说，若非如此，我就无法向我的朋友断言，我自己肯定至少没有露出破绽。我不应该被压力所逼，被绝望所迫——真不知道该怎么定义——把我的朋友逼入绝境，让她向我吐露更多的真相。迫于压力，格罗斯太太已经一点一点告诉了我很多，可整件事情还有一处小小的疑团，时不时地掠过我的脑际，就像一只蝙蝠的翅膀。我记得当时的情况——那天深夜，整个府邸已沉入梦乡，而我们在专心致志地谈论着。我们面临的危险和守夜未睡的现实似乎也起了些作用——使我意识到，揭开遮蔽真相的最后一道帷幕有多么重要。"我不相信有如此吓人的东西，"记得当时我说，"不，咱们把话挑明了吧，亲爱的，我不相信。不过，要是我真的相信，你知道，那我现在就得做一件事，请你不要再有任何保留了——哦，一丁点儿也不要，来！——把话都说出来吧。在迈尔斯回来以前，我们曾为学校寄来的那封信发愁。在我再三追问之下，你说过，你并不能昧着良心说他过去一点儿也不'坏'，当时你是怎么想的？这几个星期我和他生活在一起，仔细观察过他，他确实并不'坏'，他是个头脑冷静的小神童，善良活泼，惹人喜爱。因此，倘若你确实没有见到什么特殊情况的话，你肯定会斩钉截铁为他辩护的，可实际上你见过吧。你见过什么特殊情况呢？还有，你究竟从他身上观察到了什么？"

这问题问得直截了当，可轻率鲁莽绝不是我们的风格。不管怎样，在灰蒙蒙的黎明催促我们分开之前，我已经得到了答案。事实证明，我的朋友一直藏在心里的东西意义重大。原来，曾有几个月的时间，昆特和迈尔斯形影不离。事实上，格罗斯太太曾冒险批评过他们交往过密，暗示那样不成体统，在这个问题上，她甚至还向杰塞尔小姐直言不讳地提出过建议。但杰塞尔小姐态度冷淡傲慢，让她少管闲事。于是这个善良的女人转而直接向小迈尔斯进言。在我追问之下，格罗斯太太告诉我，她对他说的是，她希望一位年轻的绅士能不忘自己的身份。

我接着问道："你提醒他昆特只是个下贱的奴仆了吗？"

"就是这意思！可是他的回答，从某个方面来说，却很差劲。"

"那么从另一方面呢？"我等待着，"他把你的话告诉昆特了？"

"不，不是这样的。他决不会干这种事！"她的神情让我记忆犹新。"我肯定，无论如何，"她补充道，"他不会那么做。只是，他否认了一些事情。"

"什么事情？"

"就是他们俩形影不离，就好像昆特是他的家庭教师似的——而且还是个出色的家庭教师——而杰塞尔小姐只是弗罗拉小姐的老师。他跟着那家伙到处乱跑，我是说，一去就是好几个小时。"

"之后他却对这事支支吾吾——说他没去，对吗？"她显然同意我的说法，于是我立刻补充了一句，"我明白了。他撒谎。"

"哦！"格罗斯太太啜嚅着。看得出来，她认为这并不重要，接着，她果然补充了一句，来强调自己的看法。"您知道，毕竟，杰塞尔小姐不在乎。她并不限制他的行动。"

我思索着。"他有没有把这当作正当理由，在你面前辩解过？"

听到这话她又低下头去。"没有，他从来没有说过这事。"

"从来没有提过杰塞尔小姐和昆特的关系？"

她的脸明显红了起来，明白了我的用意。"这个，他没有吐露任何事情。他不承认，"她又重复了一遍，"他不承认。"

天啊，瞧我把她逼到什么地步了！"这么说，你看得出他知道那对男女之间的奸情？"

"我不知道——我不知道！"这个可怜的女人呜咽着。

"你肯定知道，你是个好人儿，"我答道，"只不过你不像我这么大胆、不顾一切，你因为羞怯、谨慎和脆弱，于是一味地守口如瓶。虽然你心里的这件事，给你带来了巨大的不幸，但过去没有我帮你一把，你只能独自在沉默中挣扎。可我还是要让你把事情讲出来！你已经看到了，那个男孩有些举动表明，"我接着说，"他装模作样地隐瞒了昆特和杰塞尔小姐的关系。"

"哦，他并不能阻止——"

"不能阻止你去了解真相？我敢说的确如此！但是，天啊，"我的脑子激烈地转动着，"这正表明，他们将他'塑造'得很成功，达到了目的！"

"啊，现在没有那些不好的事儿了！"格罗斯太太悲痛地辩解道。

"难怪，"我执意往下说，"我跟你讲他学校来的那封信时，你看上去古怪得很！"

"我大概不像您那么古怪！"她毫不客气地反驳道，"而且如果那时候他那么坏，那他现在怎么会成了天使？"

"是的，的确如此——要是他在学校里是个魔王，如今怎么变成了天使呢？怎么会，怎么会呢？好啦，"我苦恼地说，"这件事你回头再问我一遍，我可能得想几天才能给你答复。但你一定要再问我一遍！"我嚷嚷的样子令我的朋友惊得瞪大了眼睛。"有些方面，眼下我还无法深究。"这时，我回过头来谈起她讲的第一件事——她刚才提到的——男孩偶尔也会有所疏忽，但却有办法欣然应对。"如果你当时忠告过他，昆特是个下贱的仆人，那么想必我也已经猜到了迈尔斯回敬你的话，他一定说你也是下贱的仆人。"她又承认了，于是我接着说："而你原谅了他？"

"如果是您，难道不会原谅他吗？"

"哦，是啊，我也会原谅他！"我们在寂静中，接连发出阵阵古怪的笑声。接着我又说："不管怎样，他和那个男人在一起的时候——"

"弗罗拉小姐和那个女人在一起。这样的安排他们倒是都挺合适！"

这对我也再合适不过了。我这么说，意思是这正好符合我那可怕的想法，而我正逼着自己放弃那个想法。不过，到目前为止我还是成功地克制住自己，没有把这种想法说出来。我不打算多加评述，只是向格罗斯太太提出了我最终的看法。"他曾撒过谎也好，粗鲁无礼也罢，我原本指望能听到你说他是个天真未凿的小家伙，可我得承认他的这些劣迹并不怎么可爱。不过，"我沉思着，"知道这些也好，我比以往更强烈地意识到我必须好好守护他们。"

片刻之后，从格罗斯太太脸上的表情，我明白她已经毫无保留地原谅了迈尔斯，而我却还在对她讲的陈年往事耿耿于怀，我不禁脸红了，就像是她在给我一个机会，让我表现出自己的宽容之心。她在教室门口跟我告别时，最终还是把这个想法说了出来："您肯定不会责怪他吧？"

"责怪他瞒着我和昆特来往吗？啊，请记住，我现在不会责怪任何人，除非有进一步的证据。"之后，我关上房门，她转身离去，沿着另一条走廊，回到自己的房间。这时，我又振作起来，自言自语道："我必须静静等待。"

第九章

我等啊等啊，内心的恐惧也在流逝的时间中渐渐冲淡。事实上，那段时间，每天多多少少都有些新鲜事发生。我和学生们形影不离，平静的日子就像海绵，抹去了痛苦的想象和可憎的回忆。我曾坦言，孩子们那无与伦比、稚气未脱的优雅风度让我深深折服、心醉神迷，于是可以想见，我怎会弃他们于不顾。真是说不清道不明的古怪，当时我竟然想竭力回避那些新的线索。要不是他们的魅力一再占了上风，我无疑会变得更加紧张。为什么会这样，我也说不清楚。我常常暗自琢磨，两个小家伙会不会揣测我对他们起了疑心呢？若是这样，他们应该会表现得更引人注目，这倒更有利于真相大白于天下。我心惊胆战，唯恐他们察觉到我的百般用心。我把事情往最坏处想，独自一人时我也常常这么想，无论如何，任何给他们的纯真无邪抹黑的做法，只会招致更多风险——因为他们是无罪的，而且命运又让他们遭受了那么多不幸。有时候，我的内心常常升起不可抗拒的冲动，我会突然追上他们，将他们紧紧搂在怀里。之后，我总是要问自己："他们会怎么想呢？这样是不是流露太多了？"整日里，我时常担心自己泄露了什么隐情。这种顾虑很容易发展成悲伤而狂乱的心绪，让我不知该如何是好。不过我觉得，我之所以能够享受那段宁静平和的时光，真正的原因在于我那两个小伙伴迷人的魅力，让我沉醉其中。有时我突然想到，我这种过于外露的感情，可能会引起他们的疑心，可与此同时，我也记得提醒自己，是否能从他们表现出来的对我日益增长的感情上，窥见什么可疑之处。

在这段时间里，他们狂热地、异乎寻常地喜爱我。我心想，这无非是孩子们对经常弯腰拥抱他们的人给予的美好回报。他们慷慨地向我奉献出温顺和尊敬，但真实的目的，是为了稳定我的情绪，就好像我从来没有觉察到他们别有用心。我想，大概他们之前从未想过为可怜的女监护人做这么多事情吧。我是说——这段时间，他们的功课越来越好，这自然是令我最高兴的事情——他们用这种方法来转移我的注意力，让我兴奋，让我惊讶。他们阅读我布置的一段段文章，给我讲故事，跟我玩猜谜游戏，还化装成动物、历史人物，向我扑来。最令我吃惊的是，他们还偷偷背下大段文章，然后在我面前滔滔不绝地展示。如今我很想弄清楚，那时候我私下里对他们做出过多少惊人的判断，又暗中修改过多少次，可这个问题我从来都没弄清楚。从一开始，他们就向我展示出可以胜任一切的能力，无论学什么，都是一学就会，而且成绩优异。他们做功课时就好像在做自己最喜欢的事情，他们有非凡的记忆力，常常漫不经心地展示出过目不忘的天赋，创造一些小小的奇迹。他们不仅装扮成老虎和罗马人突然出现在我面前，还装扮成莎士比亚戏剧人物、天文学家和航海家。也许是因为他们的表现太不同凡响，所以有件事让我心生疑虑，并且直到如今，我仍然想不出合理的解释：我是说关于迈尔斯转校的问题，我竟异乎寻常地镇定。记得当时我同意，暂时不去谈这个问题。之所以持这种态度，是因为他那层出不穷、让人赞叹的聪明才智，让我很有成就感。他实在太聪慧了，一个差劲的家庭女教师、一个牧师的女儿根本不可能惯坏他。在我刚刚编织的这幅令人忧虑的图景中，那条即便不是最明亮也堪称最奇怪的线，是我的脑海中或许有这样一种印象——倘若当时我敢于较真的话，我便会明白——他那小小的头脑是被某种力量影响着、操纵着，给他以巨大的刺激。

无论如何，这样的孩子会逃学并非难以理解的事，何况他已经被一位校长"踢出了校门"。可他究竟为什么被学校开除，仍然是个未解之谜。我得补充一句，我和他们终日朝夕相处——小心翼翼，几乎片刻不离——但却没有发现什么蛛丝马迹。我们生活在音乐、友爱、成功和自家戏剧演出的梦幻世界里。两个孩子的乐感都非常灵敏，哥哥在捕捉和重复乐音上有更出色的技巧。教室里的钢琴会突然响起让人害怕的幻想曲。当琴声沉寂，角落里常常会发出谈笑声，接着他们中的一个会精神抖擞地走出来，作为新人物上场。我有几个哥哥，因此对小女孩盲目崇拜男孩并不觉得新鲜。奇怪的是，在这个世界上竟有这样一个小男孩，居然能对年龄比自己小、智力比自己差的妹妹，如此关怀备至、体贴入微。两人格外地同心协力，要说他们从来没有争吵和抱怨，这样的赞扬就显得太俗气了，配不上他们美好的品质。有时候，的确，当我脾气急躁的时候，我或许能察觉到他们之间的小默契，这时候其中一个会缠着我干这干那，而另一个则偷偷溜开了。我想，任凭他们使出怎样的交际手腕，其中总有天真的一面。即便我的学生对我耍了点小聪明，那肯定也没有什么粗鄙之处。然而，短暂的平静过后，真正丑恶的事情终于爆发了。

　　写到这儿，我发现自己下笔有些踌躇，但我必须毅然前行。继续记录布莱庄园里发生的恐怖故事，不仅要挑战最自由的信仰——对此我倒不太在意，而且（这又是另一回事了）——我还得重新经历自己遭受过的痛苦，再次经历种种磨难走向悲剧的结局。那个时刻是突然到来的，如今回首往昔，我发觉从那个时刻以后，整件事情对我而言似乎完全变成了纯粹的折磨。可至少我已经抵达故事的中心，最直接的出路无疑是继续前进。一天晚上，事先没有任何征兆和防备，我突然感到一阵飕飕的凉意，恰如我初到此地那天夜里的感受，但比那次更寒气逼人。要是后来我在这里的生活没有受到那么多侵扰，我根本不会对最初的感觉有多少印象。那晚，上床后我没有马上就寝，而是借着两支蜡烛的光，坐着看书。布莱庄园有整整一屋子旧书——是上个世纪的小说，其中有些小说显然素有不良之名，但也没有偏离到过分的地步。这些书既已来到这个归隐之家，自然引起了我青春萌动的好奇心，尽管我总是刻意掩饰。记得当时我手中的那本书是菲尔丁的《阿米丽亚》[1]，我非常清醒，毫无睡意。现在回想起来，那时肯定已是更深夜半，可我不愿意看表。我还记得弗罗拉小床的床头垂着长长的白色帷幔，按流行的样式遮挡着床头，也遮掩着她沉睡中稚气曼妙的容颜——当时我是这么以为的。总而言之，我记得，虽然我对这位作家很

---

[1] 亨利·菲尔丁（Henry Fielding, 1707—1754），英国小说家、戏剧家，《阿米丽亚》（Amelia）是其代表作之一，创作于1751年。小说描写了善良的阿米丽亚与穷军官布斯结婚后，由于权贵们的陷害和布斯本人的轻率而灾难不断。后来布斯改过自新，又得到一笔意外财产，两人才苦尽甘来。

感兴趣，可正当我翻动书页时，一瞬间他的魔力完全消失了，我从书上抬起目光，直直地盯着房门。有一小会儿，我聆听着，想起了我到这里第一夜时内心的怯懦感，我隐约听到有什么东西在这座府邸里活动，我注意到敞开的窗户吹进的微风正拂动着半开半掩的窗帘。这时，我非常镇定从容，如果有旁人在场，定会对我的勇气大加赞赏。我放下手中的书，站起身来，拿起一支蜡烛，径直走出房间，静悄悄地关上并锁好房门。走廊黑黢黢的，蜡烛也没有增添多少光明。

　　现在我既说不出当时究竟是什么使我下定决心，也说不出是什么东西指引着我，我从门厅里径直走过去，手里高擎着蜡烛，直到看见楼梯拐角处的巨大落地窗，那扇窗户正好映照出下方楼梯的影子。这时，我突然意识到三件事。其实它们是同时出现的，可看起来却像接连闪过。先是我的蜡烛，猛然一抖，熄灭了，透过那扇没有窗帘的窗户，我看见拂晓前黑暗正在退去，天色渐明，蜡烛已经没有必要了。没有了烛光，紧接着，我看到似乎有人站在楼梯上。我的叙述有先有后，然而当时我几乎是瞬间僵住——我第三次与昆特相逢了！那幽灵已经走到两段楼梯中间的平台上，就站在离窗户最近的地方，他从那儿望着我，停住了脚步，我也定住动弹不得，就像前两次在塔楼和院子里那样。他认识我，我也认识他。就这样，在寒冷熹微的晨光中，借着高处的玻璃和下面擦亮的橡木楼梯的反光，我们以同样激烈的情绪对峙着。这一次，他完全是活生生的丑恶又危险的幽灵。但这还并非"奇中之奇"，最奇的是，当时我竟无半点恐惧，甚至突然觉得自己完全有能力与他正面较量一番。

在那非同寻常的时刻，我感到极为痛苦，感谢上帝，我却没有半点恐惧。他知道我不怕——一瞬间我也清楚地意识到了这一点。我满怀强烈的自信，心想只要我能在原地站上一分钟，他就能不战而退——至少这回可以办到。在这一分钟里，他像活人一样，跟我进行了一次可怕的真正的会面，之所以可怕是因为他过去曾经是人，此刻也像人一样和我单独会晤，仿佛深更半夜，我在沉睡着的宅子里，遇见了一位仇人、亡命之徒或者罪犯一样。我们久久对视，距离近在咫尺，周围一片死寂，四下笼罩着压抑而惊悚的气氛，这是这次会面唯一不太自然的地方。此时此地，如果碰见的是个杀人犯，至少我们还会说几句话。现实中，我们之间会产生某些交流；如果没有交流，那么其中一人便会走开。然而，我和昆特的对峙竟如此之长，甚至再多僵持一会儿，我就会怀疑自己是否还活在人间了。我无法描述之后发生了什么，只见那个鬼影消失在寂静中，某种程度上这也是我力量的明证。我的确看见昆特的鬼魂转身离去，这个卑鄙的家伙就像是听到了主人的一声命令。他从我的眼前径直走过，我盯着那讨厌的背影，从未见过如此丑陋的驼背。他直接走下了楼梯，走进了黑暗之中，消失在下一个拐角。

第十章

　　我在楼梯顶端又停留了片刻,不过很快就反应过来,我的客人已经走了,于是我回到自己的房间。屋里的蜡烛还燃着,借着烛光,我第一眼看到的便是——弗罗拉的小床空了!一瞬间我吓得屏住了呼吸,就在五分钟前,面对恐怖,我还是颇能抵抗一番的。我猛冲到我方才离开时她躺的地方,只见那里——小小的丝绸床罩和被单一片凌乱——白色的帷幔拉向床前,似乎是想掩人耳目。这时我的脚步引来一声回响,我心里的石头便落了地。窗帘一阵摇动,那孩子猫着腰,从窗帘后快活地钻了出来。她站在那里,容光焕发、光彩照人,她穿的睡衣那么小,赤着一双粉红色的小脚,金色的卷发闪闪发亮。她摆出严肃的表情,竟用责备的口吻对我说:"你这淘气鬼,刚才跑到哪里去了?"听到这话,我一阵眩晕,觉得自己本来占据的优势转眼灰飞烟灭(刚刚我是多么兴奋啊),这是我平生第一次有这种感觉。我还没来得及质问她为什么不守规矩,反倒自己先受了审问,还要想法子辩解。而她却用天真可爱、热情洋溢的语气,对自己做的事轻描淡写。她说她刚才躺在床上,突然发现我没在房间里,于是跳起来,想看看我出了什么事。见到她重新露面,我喜不自胜,跌坐在椅子里——此刻,也只有此刻,我才发觉浑身有些软弱无力。她的一双小脚啪嗒啪嗒地向我跑过来,扑到我的膝盖上,在蜡烛的光辉照耀下,那张美丽的小脸由于刚从睡梦中醒来,依然红扑扑的。我记得自己的眼睛顺从而有意识地合上了一小会儿,仿佛是因为她那双蓝眼睛闪耀着过于美丽的光彩,让我承受不住似的。"你刚才向窗外看,是在找我吗?"我说,"你以为我可能是在庭院里散步?"

"哦,您知道,我以为有什么人——"她微笑着说,脸色一点也没变。

啊,当时我是用怎样的表情看着她呀!"那你刚才看见什么人了吗?"

"啊,没有!"她回答道,语气中充满稚气,似乎还有些不满,但她拖长声音否认时,依旧是撒娇的可爱腔调。

那一刻,由于我的精神极度紧张,我认定她是在撒谎。假如我再次闭上眼睛,眼前就会浮现出三四种可能,让我眼花缭乱，无法接受这个事实。在种种可能之中，一时之间，有种想法特别强烈，为了抵抗这种想法，我竟猛地抓住这个小姑娘。奇怪的是，她顺从了，既没有叫喊，也没有露出一丝恐惧。何不就此跟她摊牌，把事情弄个水落石出呢？——何不当着她容光焕发的可爱小脸，直接跟她说清楚呢？"你看，你看，你明明知道自己看见了，你也猜到了我是这么想的，既然如此，为什么不坦白向我承认呢？这样至少我们可以一起对付它，或许还可以弄清楚，在我们古怪的命运中，我们目前处在何种境地，又意味着什么。"然而，唉，这个念头来得快，去得也快，如果我当即就照此行动，或许我早已经解脱了——好了，各位以后会明白我为什么这么说。可我并没有这样质问她，我猛地站起身来，看着她的小床，采取了一种于事无补的折中办法。"你为什么要拉上帷幔把床遮住，让我以为你还在床上呢？"

弗罗拉显然考虑了一下，嘴角挂着她特有的、小小而圣洁的微笑回答道："因为我不想吓着您！"

"可是，如果我的确是像你想的那样出去了，会怎样呢？"

她完全拒绝猜谜，她的目光转向蜡烛的火焰，仿佛这个问题不值一提，或者就像玛塞特太太[1]、九九乘法口诀一样跟她毫无关系。"噢，可您知道，"她振振有词，"您会回来的，亲爱的，而且您已经回来了！"过了一会儿，她上了床，我依偎在她身边坐了许久，握着她的一只小手，证明我认识到自己的归来是多么要紧。

可以想象，从那时起，我是如何度过那些夜晚的。我不眠不休地守夜，都不知道什么时候才合的眼。我总是等同屋的小家伙熟睡后，偷偷溜出去，在走廊里悄无声息地转转，甚至走到我上次碰见昆特的地方。然而，我却再也没在那里遇见过他；同时，我再也没有在这座庄园里见到他。不过，有次在那段楼梯上，我还错过了另外一桩险事。那回我正站在楼梯顶端向下看，发现有个女人背对着我，坐在底层的台阶上，身子半弓着，头埋在双手之间，样子痛苦不堪。我刚站住脚，转瞬之间她便消失了，都没有回头看我一眼。即便只此一瞥，我心里却无比清楚，她要现出的是多么可怕的面孔。我实在不知道，要是我没站在上面而是在下面，是否还能有之前面对昆特的勇气，迎着她往上走。好哇，当真有的是机会来检验我的勇气。在我上次遇见昆特后的第十一个夜

---

[1] 指简·玛塞特（Jane Marcet, 1769—1858），英国著名科普女作家，她的作品包含各个学科的知识，以孩童与长者对话的形式展开，常作为幼儿教材。

晚——我把在这里的每一天都编了号——我遭遇了前所未有的惊吓。事情的发生全然出乎我的意料,可以说,我受到了此生最强烈的一次惊吓。由于连续守夜,我已十分疲倦,这么多天来第一次,我觉得可以在正常睡觉的时间躺下,只要留点神,不疏忽大意就是了。我立刻就睡着了,一觉睡到午夜一点左右(这是我后来才知道的)。可我突然醒了,并且醒得彻底,直挺挺地坐了起来,就像有只手摇晃过我。我原本留了一支蜡烛燃着,这时却已经熄灭了,我立刻认定,是弗罗拉吹灭的。于是我站起身来,摸着黑直奔她的小床,发现她果然不在。我向窗户看了一眼,顿时醒悟,我划了一根火柴,整个画面便清晰地呈现在眼前了。

这孩子又起床了——这次她吹灭了蜡烛,跟上次一样,在观察或者回应什么。她挤在窗帘后面,窥视着外面的夜色。这回她定是看到了上次没有看到的东西,不管是我重新点起蜡烛,还是匆忙穿上拖鞋、套上衣服,都没能惊动她。她小心翼翼地躲在窗帘后面,专心致志地看着窗外,她倚在窗台上——窗户向外开着——身子完全暴露在外面。一轮巨大而宁静的月亮帮她照明,借着月光我也迅速做出了判断:她正与我们之前在湖边遇见的那个幽灵正面接触,上次她无法跟它交流,这次却能办到了。我必须小心行事,不能打草惊蛇。我打算穿过走廊,到正对面的一扇窗户旁。于是,我悄悄走到门口，她没有发觉，接着我走出去，关上门，静静谛听着房中她的声音。站在过道里，我的目光停留在她哥哥的房门上，那道门就在十步以外，令人难以相信的是，这竟然勾起了我难以言说的冲动——近来我把它叫作"诱我之饵"。如果我直接走进他的房间，走到他的窗前，将会怎样？如果我不顾他还年幼，冒着令他惊慌失措的危险，讲出我的动机，将会怎样？如果我放任自己，不再长期压抑内心的悸动，大胆地将那些神秘之事跟他坦白，又会怎样？

这个想法刺激着我走到他的门前，却又停下了脚步。我有意无意地听着，设想会发生什么恐怖的事情。我不知道他的床是否也空空如也，是否他也在暗中守望。那是深沉静默的一分钟，之后，我的冲动消失了。他的房中毫无动静，他可能是无辜的。冒这种险是可怕的，于是我转身走开。庭院里有个人影在四处游荡，是与弗罗拉交往的那位客人，不是与我的男学生交往甚密的客人。我又犹豫起来，但这是由于别的原因，而且只有几秒钟，接着，我做出了决定。这座府邸有好多空房间，问题是选择哪一间最合适。我突然想到，最合适的就是楼下那间——在庭院的正上方——位于这座府邸坚实的一角，就是我之前说的旧塔楼附近。那是一间宽敞的正方形房间，布置成卧室的样子，由于太大，使用起来不方便，所以尽管格罗斯太太把它收拾得井井有条，堪称典范,但是已经多年没有人居住了。我曾多次对这个房间表示赞赏,也知道去那儿的路该怎么走。刚推开门,看到屋子多年不用、幽暗阴冷的样子,我不禁略有踌躇。不过,我凝神片刻,便从房中横穿而过,接着静悄悄地打开一扇护窗板的插销,一声不响地掀开窗帘,把脸贴在玻璃上。院子里并没有比室内亮多少,但我能认出自己找对了方向。这时有更多的东西出现在眼前:月光照得夜色分外明亮,草坪上有个人影,由于距离太远显得有些矮小。他站在那里一动不动,仿佛在思索着什么,他抬着头看向我露面的地方——实际上,并不是在看我,而是在看我上面的什么东西。显然我上面还有个人——在塔楼上。然而,在草坪上的那人,却根本不是我想象中的并急于要见到的人。站在草坪上的——当我把他认出来时,心里难受极了——竟然是可怜的小迈尔斯。

第十一章

直到第二天很晚的时候,我才和格罗斯太太说上话。由于我开始密切关注两个孩子的行踪,不让他们片刻离开我的视线,因此很难得空跟格罗斯太太单独见面。我们一致认为,无论是对仆人还是对孩子,重要的是不要引起他们的疑心,不要让他们惊惶不安地暗中讨论那些神秘之事。格罗斯太太看上去颇为平静,这给了我莫大的力量和安全感。在她精神奕奕的脸上,旁人绝不会看出我告诉她的那些可怕之事。我敢肯定,她完全信任我,倘若她不相信我,我不知道自己会变成什么样子,因为我无法单独扛起这副重担。一个人如果缺乏想象力,其实是一种福分,格罗斯太太就是验证这一真理的活生生的例子。关于我们奉命照顾的两个小家伙,如果她看到的只是他们的美丽可爱、活泼聪慧,而没有看到别的,那么她与我那烦恼之源没有任何直接的瓜葛。倘若从前两个孩子但凡受到过半点看得见的伤害和折磨，无疑她绝对会追究到底，也会变得足够凶狠，同那些幽灵斗争。然而照目前的情况看，我能感觉到，当她丰满白皙的双臂抱在胸前，目光注视着两个孩子时，她的脸上满是以往宁静开朗的神情，她在感谢上帝的仁慈，即便孩子们的灵魂堕落了，他们的肉体依然健在。在她心中，奔放的想象已经让位给面前壁炉里令人心宽的闪闪火光。我也已经看到，随着时间的流逝，并没有发生任何意外——她便越来越认定——我们的小家伙终究还是能够照顾自己的。她说她最担心的，倒是我这位家庭教师提出的令人发愁的情况。对我而言，这倒是让事情大大简化了：我可以担保，对于外界，我完全能够不动声色，然而在如此风声鹤唳的情况下，我还在为她的反应而深感担忧，这额外加重了我的精神负担。

这天下午，在我一再催促下，格罗斯太太终于到露台上来找我。随着夏日的流逝，午后的阳光变得和煦宜人，我们并肩坐在露台上，远处——在我们叫一声就能听得到的地方——两个孩子正走来走去，这时他们非常乖巧听话。在楼下的草坪上，他们俩慢悠悠地走着，两人步调一致，男孩一边走一边朗读着某本故事书，一只胳膊还搂着妹妹的肩膀，不让她走开。格罗斯太太注视着他们，神情和蔼安详。她诚恳地转过身，听我把这美丽挂毯的可怕背面展示给她，我察觉到她压抑的理智发出了咯吱咯吱的声响。我已经把她当成了盛放可怖之事的容器，莫名其妙的是，她似乎承认我的能力和作用胜过她，因此也就耐心地对待我的痛苦。我向她讲述自己的发现，她诚心诚意地听着，那样子就好比，若是我想调制一锅巫婆的肉汤，只要向她提出要求，她也会欣然从命地端出个干净的大锅来。我详细地向她讲述那天夜里发生的事情时，她的态度正是如此。我把迈尔斯对我说的话全部告诉了她。我看见他，在那个鬼魂出没的时刻——几乎就站在他此刻站的地方——于是我赶快下楼将他带回房间。当时，我站在窗前，之所以采取这种办法，而没有高声向他呼喊，完全是为了避免惊动整个庄园的人。把他带回房间后，他机智地回应了我最后的盘问，那番妙语可谓精彩极了，我尽可能地向格罗斯太太再现当时的场景，好让她也能感同身受。虽然格罗斯太太实际上完全同意我的见解，但她对我说这话的微妙动机有所怀疑。那天夜里，在月光下，我刚刚出现在露台上，迈尔斯就径直向我走来。我一言不发，只是拉住他的手，领他穿过一个个黑暗的空间，走上那段昆特曾经如饥似渴地徘徊、寻找他的楼梯，沿着我曾在其中聆听和发抖过的走廊，一直走回他弃之而去的房间。

一路上，我们俩都没有说话，我想知道——哦，我多么想知道！在他小小的脑海里，是否正琢磨着某种似乎言之成理、不太荒诞的借口。这一定会令他绞尽脑汁，让他非常难堪，然而想到这里，我却有种怪异的、凯旋般的激动。对于这个不可思议的小家伙，这真是个厉害的陷阱！他再也无法故技重施，拿天真无知当挡箭牌了。那么，他将如何打好这个决胜局，怎么来脱身呢？这个问题同样也在我的心中剧烈地撞击，同样无声地追问着我，我该怎样赢得决胜局？我若不顾一切，就此敲响那恐怖的音符，后果恐怕会难以想象。我清楚地记得，当时推门走进他的小房间，发现他的床根本没有睡过，窗户毫无遮挡地对着月光，屋内一片清朗，无须划亮火柴。我记得自己突然跌坐在他的床沿，因为我恍然意识到，他肯定知道怎样——如他们所言——"打败"我。凭他的聪明机灵，他可以为所欲为，只要我还信奉那古老的传统——小孩的监护人若是助长迷信和恐怖，就会判为犯罪。迈尔斯的确"打败"了我，把我逼得进退两难。如果是我首先在我们完美无瑕的关系中引入恐怖的音符，哪怕这支序曲只是微弱地颤动几声，谁会原谅我，谁会同意让我免受绞刑呢？不，不，试着告诉格罗斯太太是没用的，就像我也无法在这里说清楚，我们在黑暗中短暂的交锋，他是如何令我钦佩得几乎战栗。我对他自然满怀柔情与怜爱，我靠在他的小床上，双手搭在他的肩头，从未如此温柔体贴。我没有选择，可至少在形式上，我还是要向他提出那个问题。

"你现在必须告诉我——而且必须讲真话。刚才为什么要出去？在那儿干什么？"

他的微笑至今仍在我的眼前浮现，那双美丽的眼睛和露出的洁白的牙齿，在晨曦中闪耀着光芒。"如果我告诉您为什么，您会明白吗？"听到这话，我的心一下提到了嗓子眼。他是要告诉我为什么了？虽然我很想督促他讲下去，但嘴上却什么也说不出来，只是含含糊糊地一再皱着眉、点着头，算是回答。他就是温柔的化身，我向他频频点头时，他就站在那里，比平时更像童话里的小王子。的确，是他的开朗让我松了口气。要是他当真能把一切都告诉我，那该多好啊。"好吧，"他终于说，"其实，就是为了让您这样呀。"

"什么？"

"让您觉得我——变着法儿地——调皮呗！"我永远不会忘记他说这话时那甜美快乐的样子，也不会忘记，在那快乐的最高潮，他竟伏身向前亲吻了我。实际上一切就此结束了。我迎上他的亲吻，把他搂在怀里整整一分钟，努力忍住才没哭出声来。他的确已滴水不漏地给出了交代，我也不好再继续追问下去。只是为了表明我接受他的解释，我飞快地环视着整个房间，然后说——

"这么说你根本就没有脱衣服睡觉？"

他的面孔在黑暗中快乐地闪耀着。"根本没有。我一直在坐着看书。"

"那你是什么时候下楼的?"

"半夜里。我坏的时候可坏了呢!"

"我知道,我知道——真有趣。可你是怎么能确定我会发觉呢?"

"哦,我和弗罗拉安排好的。"他的答语像银铃一般响起,显然早有准备!"我们约好了,她负责起床,向外张望。"

"她的确是那么干的。"原来掉进陷阱的人是我!

"这样她就惊动了您,您看到她在看什么,于是您也去看——这么一看,您就看到了。"

"而你呢,"我接着说,"非要被夜里的凉风吹得感冒不可!"

他兴高采烈地表示同意,为计谋得逞而洋洋自得。"要不然怎么能让你看到我有这么坏呢?"他问道。于是,我们再一次拥抱,这件事和我们的对话也到此结束。不过,从他这句玩笑中,我看得出,他脑子里有多少智慧,能让他用之不竭。

第十二章

事实证明，我对这件事的所思所想，到了早晨的阳光下（我得重申这一点），把这件事讲给格罗斯太太听的时候，却无法让她充分领会，为了帮助她理解，我还特意提到迈尔斯跟我分别时说的另一句话。"总共不过几个字而已，"我对她说，"可这几个字真说明问题。他说：'您想想就知道，我还能干什么！'他说这话，就是要向我显摆他有多少本事。他完全知道自己'还能干什么'。在学校里，他就让大家尝到了滋味。"

"上帝呀，您确实变了！"我的朋友喊道。

"我没变——我只是把事情弄清楚了。没错，他们四个经常见面。最近这几天晚上，随便哪天，你要是跟个孩子待在一起，你就会彻底明白的。我越是观察，越是等待，就越是觉得，即便没有别的证据，这两个孩子刻意闭口不谈，也足以说明其中有鬼。关于他们的老朋友，两人从未透露过一言半语，就像迈尔斯对他被学校开除的事绝口不提一样。哦，是的，我们可以坐在这里看着他们，而他们可以在那里尽情地向我们表演；他们假装陶醉在童话故事里，实际上两人正沉浸在跟死人重逢的幻想之中。他并不是在读书给她听，"我断言，"他们在谈论'他们'——他们在谈论恐怖的事情！我知道，继续追究这事，我简直像是疯了，我没有发疯真是个奇迹。要是你见到我所见的东西，准会疯的，但我却因此神志更加清醒，还掌握了别的情况。"

我的清醒看起来一定很可怕。那两个迷人的小家伙就是我研究的对象，他们幸福地依偎在一起，在我们前方的草坪上走来走去，我的同伴看在眼里，更坚定了她心中的念头。我能够感到她的想法是多么坚定，对我的激动之情全然无动于衷，她依然用自己的眼光打量着他们。她问道："您还掌握了别的什么情况？"

"哦，过去曾经让我高兴、让我着迷的事情，如今却让我迷惑和烦恼，这真是怪啊。他们超凡脱俗的美丽、高出常人的美德，通通是圈套，"我继续说，"这是一种策略，是一场骗局！"

"您是说那两个小宝贝——？"

"到现在你还觉得他们俩只是小宝贝吗？不错，我这么说看起来简直是疯了！"话都说了出来，倒真帮我把问题理出了头绪——一切都能追根溯源，线索也都能厘清。"他们过去就不是很乖——只是一向心不在焉罢了。跟他们相处很容易，因为他们从来都是按自己的方式生活。他们不属于我——不属于我们，而是属于那一对男女！"

"属于昆特和那个女人？"

"属于昆特和那个女人。他们想要得到两个孩子。"

哦，听到这话，可怜的格罗斯太太是用怎样的目光打量着两个孩子呀！她问道："可这是为什么呢？"

"在那些可怕的日子里，这对男女把邪恶灌输给孩子们，并乐此不疲。他们回来的目的，就是为了继续干这种龌龊的勾当，让孩子们跟魔鬼纠缠在一起。"

"天啊！"我的朋友低声说。她这般大呼小叫，我早已司空见惯，但是它反映出过去肯定出现过比现在还要严重的情况，她承认了我进一步的论证。对我来说，不会有比这更有力的证据了，她用过去的经历向我坦白，我在那对流氓身上发现的堕落行为都是可信的。过了一会儿，显然她回忆起了什么，她说："过去他们是恶棍！可现在他们能干什么呢？"

"干什么？"我重复了一句，声音之大，引得远处散步的迈尔斯和弗罗拉驻足片刻，注视着我们。"他们干得还不够吗?"我压低声音问道,这时那两个孩子露出微笑,点点头,向我们送着飞吻,又继续他们的表演。我的目光被他们吸引住了,过了一会儿,我接着说:"他们会把孩子们毁了!"听到这话,我的同伴转过身来,发出无声的质疑,于是我更要解释清楚。"那对男女现在还不知道究竟该怎么做——可他们正拼命尝试。就目前而言,他们只是偶尔出现,只是在一些奇怪的地方——在远处,在高处、塔楼、屋顶、窗外和池塘对岸。但是他们双方都有深深的愿望,想要缩短距离,克服障碍。因此,那两个引诱者得手只是时间的问题,他们只需不断发出危险的信号就够了。"

"引诱孩子到他们那里去?"

"还想让孩子们在各种尝试中送命!"听了这话,格罗斯太太缓缓站了起来,我小心地补充道,"当然,除非我们能阻止!"

她站在我面前,我依然坐着。看得出来,她在翻来覆去地考虑这件事。"他们的伯父必须亲自出面制止。他必须把孩子们带走。"

"谁能让老爷这么做呢?"

她一直望着远方,这时却低下头来看看我,一脸傻里傻气。"您,小姐。"

"难道让我写信告诉他,他的家里正在闹鬼,他的小侄子、小侄女都疯了吗？"

"可他们要是真疯了呢，小姐？"

"你的意思是说，是不是我也疯了？告诉他这个绝妙消息的，竟然是深得他信任、保证不给他带来任何麻烦的人。"

格罗斯太太想了想，目光又转向两个孩子。"是的，他确实讨厌别人麻烦他。正是这个重要的原因——"

"所以那两个恶魔能欺骗他那么久？不用说，他过去肯定冷酷得可怕。可无论怎么说，我不是恶魔，我不应该欺骗他。"

过了会儿，我的同伴拿定了主意，又坐了下来，她拉住我的一只胳膊。"无论如何，想办法让他到您身边来。"

我睁大了眼睛。"到我身边来？"我突然担心她会做出什么事来，"让'他'？"

"他应该在这里——他应该来帮忙。"

我腾地站起身来，我刚才的表情在她眼里一定古怪极了。"你看我会请他来吗？"不会，她的目光停留在我的脸上，她看出我不会那么做。不但如此——一个女人总是能看透另一个女人的心思——她能看清我内心的想法：主人对我的嘲笑和蔑视。他会嘲笑我担不起责任、被迫辞职的狼狈，嘲笑我不惜绞尽脑汁吸引他注意我微薄的姿色。然而，她不知道——没有人知道——我能为他服务，能恪守我们的协议,心中有多么自豪。不过,我给了格罗斯太太一句警告,我想她能听出其中的分量。"你要是失去了理智,竟然为了我去请求他——"

她当真被吓坏了。"那会怎样,小姐?"

"那我就离开,当场就走,离开他,也离开你。"

第十三章

我得承认，与孩子们做伴是件乐事，但和他们交谈却让我力不从心，尤其是近距离接触时，困难像从前一样难以克服。这种情况持续了一个月，在这期间形势不断恶化，最明显的是，两个学生的言语里分明带着些讽刺的意味，并且越来越尖锐。如今，我仍像当时一样肯定，这绝不仅仅是我那该死的想象力在作祟：一切完全有迹可循，他们已经意识到我的困难处境，这种奇怪的关系，在很长一段时间里，成为我们生活的主调。我并不是说他们口是心非，或是干了什么粗俗的事情，他们的危险不在于此。我想说的是另一方面，我们之间有种未曾明言、未曾触及的东西，已经占据了生活的重心，只能心照不宣地多加小心，否则很难成功地绕开。有时候，这种状态就像是一再撞见某些障碍物，我们不得不就此止步；或者突然意识到此路不通，是一条死胡同，只得退出来；抑或是不小心打开一扇门，只好再关上，而关门时却发出砰的一声巨响，比预料的动静大得多，我们不禁面面相觑。条条大路通罗马，有时候我发觉，几乎每门课程、每个话题都围绕着那个禁区，稍不留神就会行差踏错。所谓禁区，就是死人会不会回来的问题，特别是小孩子对他们死去的朋友，是否会留下什么特别的记忆。我可以发誓，有几天，他俩中的某个会做些让人难以察觉的小动作，用胳膊肘轻轻碰碰另一个，并悄声说："她认为她这次能做到那件事了——但是她休想！""做那件事"是指毫不避讳地提起那位教他们如何应付我的女士——杰塞尔小姐。两个孩子对我的一些个人经历非常感兴趣，总是缠着我讲这讲那，百听不厌。我把自己的历史一再讲给他们听，他们俩便对我的生活了如指掌：我那些微不足道的冒险故事，故事的来龙去脉，我的哥哥姐姐，我家的猫和狗，甚至我父亲那怪僻的脾性，我家里的家具和布置，村里老太太聊的家长里短，他们俩便如数家珍。事情多得很，这件扯那件，讲也讲不完，只要人的脑子够快，并且知道什么时候该绕个弯子。他们也很有心计，知道怎么像操纵提线木偶一样引导、调动我的创造和回忆。后来回想起这些场景，正是他们当时的表现让我心生疑虑，让我想到，是否那时我就被他们暗中观察着。只有谈到我的生活、我的过去和我的朋友时，我们才能畅所欲言、无拘无束。在我讲故事时，他们还常常提醒我忘掉的情节，模样很是讨人喜欢。他们也会突然毫无缘由地央求我再讲一遍戈斯林太太[1]的名言警句，或是把之前讲过的教区牧师的小马如何聪明机灵的种种细节再确认一遍。

就这样，随着形势的一步步变化，我的教学工作陷入了困境，我和学生们的关系也变得极为敏感。一连好几天，我再也没有撞见过鬼，这本该使我紧张的神经多少得到一丝缓解，可事实却并非如此。自从那夜，我在楼梯平台上看见楼下有个女人的身影，之后无论在室内还是室外，我再也没有见到任何不宜见光的东西。尽管有很多次，我走过拐角时，以为会突然撞见昆特，也有很多次，忽然心生异样，以为杰塞尔小姐会出现在我面前。时光荏苒，季节更迭，夏天已经消逝，秋天降临布莱庄园，白日渐渐惨淡。整座庄园，举目望去，只见灰蒙蒙的天空和凋残的花环，光秃秃的树林和零散的枯叶，仿佛散场后的剧院——到处散落着揉皱、踩碎的节目单。恰恰是这种肃杀的气氛，无处不在的沉寂，秋风吹过时，四周发出的愈加萧瑟的声响，这种主宰着此刻（这一刻长得足以使人察觉）难以言传的感受，使我想起六月的那

---

[1] 戈斯林太太是女教师家乡的一位家庭妇女，大概曾经说过某句名言，两个孩子百听不厌。——编者注

个黄昏，在室外第一次遇见昆特时的感觉，以及透过窗户看见他后，在周围的灌木丛里茫然寻找他的感觉。我认出了这些痕迹、这些不祥之兆——我认出了此情此景。但是此处人迹罕至，空谷无音，而我依然不受侵扰。"不受侵扰"或许可以用来形容一位年轻的女子，在最异乎寻常的条件下，她的敏感不但没有衰退，反而加强了。与格罗斯太太谈起弗罗拉在湖边那骇人的一幕时，我曾说过，从那一刻起，对我来说，失去看见幽灵的能力会比一直拥有它痛苦得多。这番话让她困惑不已。当时我就已经表明心迹：无论孩子们是否真的看见了两个幽灵（因为当时还没有确凿的证据），我都心甘情愿做他们的卫士，将自己毫无保留地暴露在幽灵面前，承受随之而来的一切恐怖和危险。我时刻准备并心甘情愿去了解那世上最骇人之事。当时我极不愿意看到的是，我的双眼被遮蔽，而孩子们的眼睛却睁得大大的。好吧，眼下看来似乎的确是这样——我的双眼被完全遮蔽了——这本该是件美事，若不为此感谢上帝，似乎是对上帝的不敬。可是，这又真让人为难：倘若我没有十全的把握，证明学生们的秘密确有其事，那么我会以自己的全部灵魂来感谢上帝的。

如今，我该怎样把自己当年诡异地着了魔的经历一一道来呢？我敢发誓，有好多次，我和孩子们在一起的时候，他们确实曾当着我的面欢迎他们的老朋友，但那时我的感官却闭塞了,什么也看不见。要不是我在这个紧要关头踌躇起来,担心自己的做法造成的伤害也许会比避而不谈带来的伤害更大,我早就兴奋地喊起来了:"他们就在这儿!他们就在这儿!你们这两个小坏蛋!现在可赖不掉了!"每当这时,两个小坏蛋会表现得比平时更讨人喜欢、更乖巧,借此来否认幽灵的到来。然而,在他们晶莹剔透却又刻意隐藏的性情深处——就像溪流中的鱼儿一闪而过——倏忽显露出一丝他们擅长的嘲讽的痕迹。事实上,惊愕已经深入我的内心,比那天晚上在星光下寻找昆特和杰塞尔小姐却看见迈尔斯时还要强烈。那晚他没有睡觉,站在外面院子里,我看到他时,他一脸迷人的表情,抬头望向我,其实他真正注视的,是我头顶上方塔楼上那可怕的幽灵昆特。如果说这件事让人害怕,那么我此次的发现比以往任何发现都更为惊悚,正是在这番恐惧之中,我得出了一些实在的结论。有时这些结论让我颇为烦恼,我偶尔把自己关在房里,大声讲出这一切,我感到莫大的轻松,可转瞬间又陷入深深的绝望。说着说着,我触到了问题的核心,于是我从各个角度思考这个问题,在房间里快步走来走去,每当念出那些邪恶的名字,我便无法自已。这些名字在我的唇边消失时,我对自己说,我的确应该想方设法将这些见不得人的事情宣之于口。不过,要是由我来讲出这些事情,那我就犯了课堂上的忌讳。我告诉自己:"他们遵守纪律一言不发,而你深得旁人信任,你要是说出来就太卑鄙了!"我顿觉脸颊烧得通红,便用双手捂住面孔。在这秘密的一幕之后,我常常会变得比平时话多,简直滔滔不绝,直到一阵神秘的沉寂降临为止,接着我会匪夷所思、昏头昏脑地升入或者飘入(真不知该如何措辞!)一种静止,一种万物消逝的停顿。这种气氛与当时我们是否喧闹无关,哪怕孩子们发出更热烈的欢声笑语,背诵课文的速度越来越快,弹钢琴的节奏越发激昂,我都能捕捉到这一丝异样。我能听出,当时有其他人——外来人在场。他们不是天使,他们像是法语中说的"过世亡灵",可他们萦回不去时,我总是害怕得发抖,担心他们会对那两个年幼的受害者讲一些更为骇人的消息,或让孩子们看到更加生动的形象,比他们当初展示给我的还要逼真。

有个无法摆脱的残忍的想法在我的脑海中盘旋:无论我看见了什么匪夷所思的恐怖之事,迈尔斯和弗罗拉看到的只会更多,这些都是过去他们之间可怕的交往造成的。这些事情自然会在表面上留下几分寒意,而我们却都喧嚷着抵赖这种感觉。我们三个训练有素,每次都自动地几乎以同一套动作结束这种事件。两个孩子真是令人惊讶,无论遇到什么事,他们总是一成不变地带着某种既热烈又事不关己的态度来亲吻我,然后一次不落地——不是这个孩子就是另个——提出那个多次帮我们涉险过关却又不着边际的问题:"您认为他什么时候会来?您不觉得我们应该写封信吗?"根据以往种种经验,我们知道,没有什么比这个问题更能驱散尴尬的局面。"他"当然是指他们在哈雷街的伯父。我们一直抱有这样的信念:他随时都可能会来,加入我们。对于这样的念头,没有谁比他本人更消极,可要不是有这样的想法支撑着,我们双方就不会有如此精彩的表演。他从来不给孩子们写信——或许是出于自私,或许是他向我表示赞扬、信任的一种方式。因为男人给予女人的最高褒奖,往往取决于女人对他的舒适生活所做出的贡献。所以我要恪守誓言,不向他提任何请求,还要让孩子们明白,他们写的信只是一些迷人的文学练笔,信写得太美了,让人舍不得寄走。我把这些信都保存了起来,珍藏至今。其实,这种做法只是对我暗藏心愿的讽刺,实际上我一直默默期盼着他能随时出现,来到我们身边。的确,两个孩子似乎也清楚,这件事令我尤其难堪。当我回首往事,在这一团乱麻中,尤其感到异样的是:虽然我很紧张,而两个孩子屡次获胜、得意洋洋,可我却从未对他们失去耐心。如今想来,他们的确十分可爱吧,在那些日子里,我对他们并没有丝毫恨意!不过,假若当时我迟迟得不到解脱,最终我是否会情不自禁地大发雷霆呢?这无关紧要了,因为我终于解脱了。我称之为"解脱",其实不过是相当于一段皮带绷得过紧,突然啪的一声断裂了;抑或像郁积了一整天的闷热,最后爆发出万钧雷霆,掀起狂风暴雨。情况变了,而且这个变化完全是猝然而至。

第十四章

一个礼拜日上午,我们步行前往教堂,我让小迈尔斯走在我一侧,让他妹妹走在前面,跟格罗斯太太一起,这样他们就能不离我的视线。那是个清新晴朗的日子,就当时的季节而言,可以说是难得的好天气。昨夜下了一层薄薄的寒霜,秋日的天空明亮而清爽,连教堂的钟声听起来都像是欢乐的奏鸣。我的脑海中突然生出一个奇怪的想法,此时此刻,两个小学生那么乖巧听话,我心底不由得溢出感激的情愫。我总是铁面无私、寸步不离地陪伴着他们,他们为什么却毫无怨言呢?经过种种事情,我可能更接近问题的要害了,我做了所能做的一切,就差把这个男孩别在我的围巾上了。一路上,格罗斯太太和弗罗拉在前面开路,那阵势就像我防备着叛乱,随时准备应战似的。我像个监狱的看守,时刻用一只眼瞄着可能出现的惊慌和越狱事件。然而,这一切——我指的是他们那种令人满意的小小屈服——不过是个端倪莫测的谜团。这天迈尔斯穿着他伯父的裁缝缝制的礼服,裁缝的手艺精湛,对怎么做漂亮的背心,怎么衬托出迈尔斯的气度颇有心得。穿着这一身,迈尔斯器宇轩昂,举手投足间仿佛表明,他有权获得独立,他有性别和地位的优势。所以,倘若此刻他突然为自由而奋起抗争,我也无话可说。在这匪夷所思的时刻,我竟在心里嘀咕,倘若革命确实发生了,我该怎样应付他。我称之为一场"革命",是因为听到他接下来说的话,我仿佛清楚地看见,那恐怖戏剧的最后一幕已缓缓拉开,大祸即将临头。"喂,亲爱的,您知道,"他迷人地说,"到底什么时候,我才能回学校去呢?"

我在此记录下这段谈话,这话听起来倒是完全没有恶意,更何况他是用甜美愉快又漫不经心的语调说的。其实,这话是说给周围人听的,不过首先是对永远支持他的家庭女教师讲的,他将抑扬顿挫的语调抛到空中,仿佛在抛洒玫瑰花瓣。他的话里总有某种"抓人"的东西,不管怎么说,我被抓住了,这话是那么有力,让我立刻刹住脚步,就像公园里的一棵大树突然倒下来,挡住了我们的去路。此时此刻,我们两人之间有某种新的东西,他完全知道我意识到了这一点,他不必表现得比平时更坦诚、更讨人喜欢,我也能看得出来。我发觉,见我无言以对,他对自己占据的优势已经胸有成竹。一时间我迟迟说不出话来，因此他有充足的时间考虑，少顷他的脸上洋溢着充满暗示又不明所以的笑容，接着说："您知道，亲爱的，对于一个总是和一位女士在一起的小伙子来说——"他常常把"亲爱的"挂在嘴边称呼我，没有什么比这个词更能表达出那种醉人的亲昵感，这也正是我渴望从学生们那里获得的情感，既谦恭有礼，又轻松活泼。

可是，哦，眼下我必须想出什么话来应对他，心中是多么焦急啊！我记得为了拖延时间，我努力笑笑，从他注视着我的英俊面孔上，我似乎看出自己是多么丑陋古怪。"总是和同一位女士在一起吗？"我回问道。

他既没有畏缩回避，也没有眨巴眼睛。整件事情在我们面前已经摆明了。"啊，当然，她是个快乐、'完美'的女士；可是，毕竟，我是个小伙子，一个有出息的好小伙子，您没有看出来吗？"

我迟疑了片刻，亲切和蔼地说："是的，你会很有出息的。"啊，我无计可施。

直到今天，我依然清楚地记得他那让人听了心碎的主意，看来他明明知道我的处境，却还有意嘲弄我。"况且您也不能说我的表现不好，对吧？"

我伸出一只手搭在他的肩膀上，虽然我觉得继续往前走会好很多，但却迈不动脚步。"是的，我不能那么说，迈尔斯。"

"除了那个晚上，你知道——！"

"哪个晚上？"我无法像他直视我那样直视着他。

"嗨，就是我下楼——跑到屋外的那天晚上。"

"哦，是的，可是我忘了你为什么出去。"

"您忘了？"——他的语气中带着一种甜蜜夸张、孩子气的责备，"哎呀，就是为了向您显示我能做到呀！"

"哦，是的，你能。"

"而且我还能再干一次。"

我想，也许，我终究还是能保持理智。"当然，可你不会再那么做了。"

"是的，不会再那么做了。那没什么意思。"

"那没什么意思，"我说，"咱们得往前走了。"

他继续跟我一起走，一只手挽着我的胳膊。"那我什么时候回学校去？"

我把这事仔细考虑了一番，脸上带着最认真负责的神情说："你在学校的时候很开心吗？"

他思索了片刻。"哦，我在任何地方都很开心！"

"那么，好吧，"我的声音在颤抖，"你在这里是不是也一样开心——！"

"噢，但'这里'并不等于'任何地方'啊！当然，您知道很多——"

"你是在暗示你知道的几乎和我同样多吗？"他的话音一落，我便贸然插嘴。

"连我想知道的一半都不到！"迈尔斯老实承认，"可我说的不是这个。"

"那是什么？"

"呃——我想有更多的人生经历，去体验更多彩的生活。"

"我明白了，我明白了。"这时我们已经可以看到教堂和形形色色赶去做礼拜的人群，其中有几个布莱庄园的用人，他们也在去教堂的路上。仆人们聚集在教堂门口，等我们先进去。我加快了步子，想赶在我们进一步摊牌之前钻进教堂。我的大脑飞快地旋转，接下来的一个多小时，他不得不沉默不语；想到那笼罩在昏暗光线里的教堂长凳，那可以让我弯下双膝，给我精神慰藉的膝垫，我便心驰神往。我似乎的确在与某种慌乱的情绪赛跑，而他正打算借此来降服我。然而，我发觉他已经领先了，就在我们刚要踏进教堂院门时，迈尔斯抛出一句话——

"我想跟我同类的人做伴！"

这话惊得我一步跟跄。"与你同类的人可不多啊，迈尔斯！"我苦笑道，"或许亲爱的小弗罗拉算得上一个！"

"您真把我和一个小丫头相提并论？"

一听这话，我瞬间变得格外心虚。"难道你不爱我们迷人的小弗罗拉？"

"要是我都不算爱——那么您也不算；要是我都不算——！"他重复着，话未说完，只见他向后退了几步，仿佛想向前大跳一步。我们进了教堂的院门，他用胳膊扯了我一下，于是我不得不再次停下。格罗斯太太和弗罗拉已经进了教堂，其他做礼拜的人也跟了进去，只剩我俩孤零零地待在那些年代久远、密密麻麻的陵墓之间。我俩就站在进了教堂院门之后的小路上，紧挨着一座低矮、形状像椭圆形桌子的坟墓。

"说吧，如果你都不算爱——？"

他看着四周的坟茔，而我在等他开口。"这个，您知道怎么回事，"他并没有动，可话中隐含的某种意味使我一下子跌坐在石板上，好像突然需要休息似的，"我伯父的想法跟您一样吗？"

我故意装出休息的样子。"你怎么知道我想什么呢？"

"啊，好吧，我当然不知道。因为我突然想起来，您从来没有跟我说过。不过，我的意思是他知道吗？"

"知道什么，迈尔斯？"

"这个，我现在的情况呗。"

我很快意识到，对于这个问题无论我如何回答，都不可能不牺牲一点我雇主的形象。然而，我觉得待在布莱庄园的所有人，都已经做出了巨大的牺牲，相比之下，牺牲一点他的形象，也情有可原了。"我想你的伯父根本不关心这个。"

听了这话，迈尔斯驻足凝视着我。"那您觉得是没办法让他关心吗？"

"有什么办法呢？"

"这个，当然是让他来呗。"

"可谁去请他来呢？"

"我去！"男孩说得斩钉截铁，脸上露出非比寻常的兴奋。他又瞟了我一眼，眼神中同样是难以抑制的神采，接着他独自一人大步走进教堂。

第十五章

我没有跟着他进教堂,从那一刻起,事情已成定局。虽然我心里明白,陷入此种境地实在可怜,可我却无法振作起来。我依旧坐在那块墓碑上,仔细琢磨那孩子说的话到底是什么意思。在领会其中深意的同时,我也为自己的缺席想出了借口,就说我羞于在学生和做礼拜的人面前迟到。我告诉自己,首先,迈尔斯已经从我这里发现了什么蹊跷,刚刚我不争气地瘫坐下来,恰好印证了他心中的疑虑。他从我这儿已然得到了某种让我担忧的东西,他还可能会继续利用我的恐惧,为自己争取更多的自由。让我发怵的是,我不得不去面对他被学校开除的原因,这让人无法忍受,因为那背后定是隐藏着更多可怕的秘密。请他伯父和我一起来处理这些事情是个解决的办法,按理说,我应该期盼这种局面出现才对。然而,我实在无法面对这办法可能会牵扯出的丑恶内幕和种种痛苦，于是我就这么拖着，过一天算一天。我心中笼罩着深深的不安，这个男孩完全有权利、有资格对我说："除非你和我的监护人解释清楚到底为什么中断我的学业，否则就别指望我和你过这种对男孩来说不合常理的生活。"可关于这个让我担惊受怕的孩子，真正不合常理的是，他竟突然流露出某种计划和阴谋。

这才是真正压倒我，让我迟迟不肯进教堂的原因。我围着教堂一圈圈地走着，犹豫着，徘徊着。我发觉，他已经给我造成了无法弥补的伤害，因此，想到要紧挨着他坐在教堂的长凳上，实在是太难为人了。他肯定会比以往更坚定地挽住我的胳膊，让我在那里坐上一个小时，我只能默默不语跟他紧紧靠着，听他小声地对我们刚刚那番谈话评头论足。从他走进教堂的那一刻起，我就想离开他。当我站在教堂高大的东窗下，听着做礼拜的声音，心中忽然涌起一股冲动，只要稍加怂恿，这冲动便会彻底征服我：我可以一走了之，轻而易举结束这困境。眼下正是机会，没有人会阻止我，我可以转身而去，抛下一切，一了百了。现在要做的就是尽快赶回庄园，收拾东西，做好准备。仆人们几乎都在教堂里做礼拜，此时家里空空如也。总而言之，即便我不顾一切地驾车离去，也没有人能责怪我。要是我能在晚餐时分赶回来，此时离开片刻又有何妨？不过是几个小时后——我素有先见之明——我的两个小学生装出一副天真的模样，对我没有出现在他们的队列里而大惊小怪。

"刚才您干什么去了，您这淘气的小坏蛋？到底为什么要让我们这么担心——把我们的心思都带走了，您知道吗？——是不是刚到门口就丢下我们走啦？"我既无法回答这些问题，也无法直视他们发问时那虚情假意又稚气灵动的眼睛；可是毫无疑问，我不得不去面对这些。这一幕在我眼前越来越清晰，我终于顺从了自己的心意。

就在那一刻，我离开了。我径直走出教堂的墓地，一边苦苦思索，一边穿过公园原路返回。我心想，只要一到家，我就能下定决心，逃离这里。礼拜天，屋里屋外一片宁静，在家里我一个人也没碰见，正是千载难逢的机会，我为之兴奋不已。假如我迅速出发，就能避免纠缠，可以不声不响地离开。我赶紧做好离去的准备，可交通工具是个亟待解决的大问题。记得当时在大厅里，我为摆在面前的困难和障碍苦恼着，竟一下子颓坐在楼梯脚——就在我瘫软之际，心念一转，突然想起一个多月前，就是在这里，在一团漆黑、充斥着邪恶的夜幕中，我看到了那最恐怖的女人的幽灵。一想到这里，我便挺直了身子，向楼上走去，我慌乱地直奔教室，那儿有我的几样东西要带走。但就在我开门的瞬间，如同电光一闪，我的双眼仿佛被擦亮了。看到眼前的景象，我不禁吓得倒退了几步。

中午的光线清晰明亮,我看见有个人坐在我的桌前。若是没有先前的经验,我第一眼肯定会把她当成某个留下看家的女仆,正趁这难得的避人耳目的机会,借着教室的桌子和我的笔墨纸张,专心致志地给心上人写信。她的胳膊放在桌上,双手撑着头,一副疲惫不堪的样子,显得很费力。看着眼前的一幕,我渐渐意识到,我已然走进房中,但她却丝毫没有察觉,依旧保持着怪异的姿势。这时,她的身影一动,换了姿势——这瞬间亮明了她的身份。她站起身来,好像并没有听见我走进来,而是带着无法形容的忧郁淡漠,站在离我不过十几英尺的地方。她不是别人,正是我那邪恶的前任——杰塞尔小姐。这个伤风败俗又命运凄惨的女人,正活生生地站在我面前;就在我紧紧注视着她,想把她铭记于心的时候,她那可怕的身影却渐渐消失。她穿着漆黑如夜的衣裙,面容憔悴却凄美,有种无法言传的哀伤。她久久凝视着我,仿佛想说,她有权坐在我的桌前,就像我有权坐在她的桌前一样。此时此刻,我陡然感到一阵刺骨的寒意,似乎我才是闯入庄园的不速之客。我不顾一切地想要反驳这个念头,竟对她大声喊道——"你这个可怕又倒霉的女人!"我听到自己脱口而出的声音,穿过敞开的房门,在长长的走廊和空荡荡的房子里回响着。她看着我,似乎听见了我的叫喊，可此时我已经恢复理智，刚才的恐怖气氛一扫而空。接着，我环视四周，屋内空空如也，只有满室的阳光和我坚定的决心——我必须留下来。

第十六章

我原本以为，我的学生们回来时，定会装出一副煞有介事的样子，可现实是，他们竟只字未提我无故缺席之事，这反倒让我越发心烦意乱。他们并没有斥责我，没有爱抚我，也没有含沙射影地怪我撇下他们。这次没人理我，连格罗斯太太也一言不发，任凭我打量着她那张古怪的脸。我之所以要留意格罗斯太太的表情，是因为我坚信孩子们一定是用某种手段收买了她，让她保持沉默。但是，只要能逮住一次跟她私下交谈的机会，我就能打破这种沉默。快吃茶点的时候机会来了，我瞅准时机，跟她在管家的房间里谈了五分钟。正值黄昏时分，空气中弥漫着刚出炉的面包的香气，房间里收拾得整整齐齐。她闷闷不乐却又平静地坐在炉火前，直到现在，我仿佛还能看到她那安静淳朴的样子：在光线昏暗、火苗闪烁的房间里，她坐在一把直背椅上，面对着火焰。那场景就像一幅巨大而整洁的油画，"珍藏"在记忆的抽屉里，关好锁牢，用什么也打不开。

"哦，是的，他们让我什么也不要说，为了让他们满意——只要他们在那儿——我当然答应了。可是，您出了什么事？"

"我刚才跟你们一起出去，只是想散散步，"我说，"之后，我得回来见一个朋友。"

她一脸惊讶。"一个朋友——您的？"

"哦，是的，我有两个朋友呢！"我大笑，"孩子们没有告诉你原因吗？"

"您是说他俩不提您离开的事？说啦！他们说您更喜欢这样。您是喜欢这样吗？"

我的表情让她很沮丧。"不，我反倒不愿意这样！"然而，过了会儿，我又补充道，"他们是否说了我为什么更喜欢这样？"

"没有，迈尔斯少爷只是说：'我们只能做她喜欢的事！'"

"我倒希望他能这样！弗罗拉说什么了吗？"

"弗罗拉小姐太可爱了。她说：'哦，当然，当然！'——我也跟着这么说。"

我想了想。"你太有趣了——学得真像，我就像亲耳听到一样。可是，我和迈尔斯之间已经完全不同了，我俩之间那层窗户纸算是捅破了。"

"窗户纸捅破了?"我的伙伴睁大了眼睛,"这是什么意思,小姐?"

"一言难尽。没关系,我已经下定决心。我刚才回家来,亲爱的,"我接着说,"为的是和杰塞尔小姐谈谈。"

此前我已经养成了一个习惯,每次说这些事情前,先稳住格罗斯太太的情绪。因此,即便现在她听见了我说出的可怕的话,也不过是勇敢地眨了眨眼睛,我好歹还是能让她基本镇定。她问道:"谈谈!您是说她说话了?"

"差不多。我回来的时候,发现她正在教室里。"

"她说什么了?"这个善良的女人那茫然而坦率的问话,至今仍回荡在我的耳畔。

"她饱受折磨——!"

正是这句话让她目瞪口呆,似乎想象出了我描述的那个场面。"您是说,"她结结巴巴地说,"亡灵的折磨?"

"亡灵的,地狱厉鬼的。这就是为什么,他们要找这两个孩子来分担——"这话里的恐怖意味让我自己都毛骨悚然,说话都不利索了。

不过,我的伙伴却没有如此丰富的想象力,她还在催我讲下去。"要孩子们分担——?"

"她想得到弗罗拉。"听到我说这话,她惊得差点一头倒

- 130 -

下去。幸亏我有所准备,一把将她扶住,让她知道有我在。"但是,我跟你说过,这不要紧。"

"因为您已经有主意了?可您打算怎么办呢?"

"该怎么办就怎么办。"

"您所说的'该怎么办'是指什么?"

"这个,派人把他们的伯父请来。"

"哦,小姐,行行好,就这么干吧。"我的朋友立刻响应。

"啊,我会的,我会的!我看这是唯一的出路。刚刚跟你说了,我和迈尔斯彻底摊牌了,要是他认为我害怕了——还盘算着能从中捞点好处——那么他会发现,他的如意算盘打错了。是的,没错,我会在这里跟他伯父说清楚,有必要的话,就当着迈尔斯的面,要是他责怪我没有在孩子学校的事情上用心的话。"

"是啊,小姐——"我的伙伴催促我接着说。

"唉,是因为那个可怕的原因。"

对我这可怜的同事而言,眼前恐怖的事情实在太多,她一时弄不清楚,也是情有可原的。"呃——是什么原因呢?"

"哎呀,那封从学校寄来的信呗。"

"您要把那封信给老爷看?"

"我早就应该这么做了。"

"啊,您不能这么做!"格罗斯太太毅然决然地说道。

"我要当面向他讲明，"我毫不动摇地说，"这个问题我解决不了，因为他已经被学校开除了——"

"那是因为我们根本不清楚到底是什么原因！"格罗斯太太坚持着。

"因为他品行恶劣。还能因为什么——他那么机灵、帅气、十全十美！他头脑蠢笨吗？他衣着邋遢吗？他性格懦弱吗？他行为乖僻反常吗？他一向举止优雅、才思敏捷——所以只能是那个原因。要是能敞开了说清楚，整件事情就真相大白了。说到底，"我接着说，"这是他伯父的错。谁让他把那种人留在这里——"

"他真的一点儿也不了解他们。这是我的错。"她脸色已经变得苍白。

"哪里，你不应该受这些折磨。"我回答。

"孩子们才不应该受折磨！"她强调。

我沉默了一会儿，与她面面相觑。"我该对他说什么呢？"

"你什么都不用告诉他。我会告诉他的。"

我琢磨着这话。"你是说你要写信？"我想起她不会写字，于是连忙改口，"你怎么跟他联系？"

"我告诉管家。让他写。"

"你愿意让他来写我们的事？"

这句话里有些讥讽的味道，尽管并非出于我的本意。听了这话，片刻之后，她心情矛盾地垮了下来，泪水溢满了她的眼眶。"啊，小姐，您来写吧！"

"好吧，今天晚上。"我最后答道，接着我们便分开了。

第十七章

这天傍晚,我开始动笔写信了。天气突然变坏,外面狂风呼啸,我坐在卧室的台灯下,弗罗拉安静地睡在我旁边。我久久注视着眼前空空的白纸,聆听着外面风吹雨打。最后,我拿起一支蜡烛,走出房间,穿过走廊,来到迈尔斯的门前。由于我满腹疑虑、放心不下,便站在他的门边,仔细听着屋里的动静。我果然捕捉到一个声响,却并不是我预料的那样。门里传来他银铃般的声音:"我说,是您在那儿吧——进来吧。"哎,真是叫人不知该喜还是忧!

我举着蜡烛走进去,见他舒舒服服地躺在床上,毫无睡意。"哦,您来干什么?"他露出讨人喜欢的神情,不由得让我想到,若是格罗斯太太在场,想要找出我们之间"摊牌"的证据,那可要落空了。

我手中拿着蜡烛站定,俯视着他。"你怎么知道我在外面?"

"嗨,我当然是听见您的声音了。您以为您一点声儿也没弄出来吗?您走路就像一队轻骑兵呢!"他笑得真好看。

"你是还没睡吗?"

"根本没睡!我醒着躺在床上,想事儿。"

方才我有意把蜡烛放在稍远些的地方,这时他像平时那样友好地向我伸出了一只手,我便坐在他的床沿。"你在想什么呢?"

"除了您,亲爱的,我还能想什么呢?"

"哦,你这么欣赏我,我真感到自豪,可我并不希望你这样,我倒宁愿你已经睡了。"

"好了,您知道,我还在想我们之间的这件怪事。"

我发觉他那有力的小手冰凉。"什么怪事,迈尔斯?"

"这个,就是您教育我的方式。还有其他的一切!"

足有一分钟,我完全屏住了呼吸,虽然那支蜡烛的火苗不住地闪动,可那光亮足以让我看清,他正躺在枕头上朝我微笑。"你说的'其他的一切'是指什么呢?"

"哦,您知道,您知道!"

一时间我无言以对。不过,当我握着他的手,我们的目光交汇时,我发觉自己的沉默意味着完全承认了他的指责。在那个时刻,现实世界没有什么像我们之间的关系那样更匪夷所思了。"当然，你要回到学校去的，"我说，"如果你是在为这事烦心的话。不过，不是回你原来的学校——我们得另找一家新的，更好的学校。这个问题，你从来没有跟我说过，咱们也从来没有谈过，我怎么会知道它让你烦心呢？"他干干净净、认真听我讲话的小脸，萦绕着圣洁的光晕，那一刻，他就像儿童医院里某个伤感的小病人，那么惹人怜爱。一想到这里，我甚至情愿献出世间拥有的一切，只为能变成护士或修女，得以照料他，帮他治好疾病。而且，即便是现在的情形，我大约也帮得上忙！"你从来没有跟我讲过学校里的半点情况——我说的是之前那所学校，不论以哪种方式，你从来没有提起过，对吗？"

他似乎有些疑惑，嘴角依然挂着可爱的微笑。但他显然是在拖延时间，他等待着，似乎在召唤某种指引。"我没有说过吗？"他并不是在召唤我的帮助——而是在召唤那个我曾经打过交道的家伙！

我端详着他，他的语气和表情中暗藏某种玄机，我感到一阵前所未有的疼痛，看着他那小脑瓜，在魔力的操纵下，绞尽脑汁地扮演一个自始至终天真无知的角色，我心里真有种说不出的悲戚。我回答道："没有，根本没有说过——从你回来的时候起，你从来没有向我提到过你的任何一位老师或同学，也从没提起过你在学校碰到的哪怕是一丁点儿的小事。从来没有,迈尔斯——没有——你在学校里发生的任何事情,你从未给我哪怕一点儿微小的暗示。所以你知道,我完全是蒙在鼓里。直到今天早上,你才说出来。从与你相识的那一刻起,你从未说过之前的事。你似乎完全接受了现实。"离奇的是,我竟然那么肯定,正是在他那神秘的早熟(或者可以称之为某种"有害影响",不管是什么,我只敢遮遮掩掩地给它起个名字)的影响下,尽管他也隐隐露出心中的不安,但却像个成年人一样容易沟通——因此,我把他当作几乎同我智力相当的人。我对他说:"我以为你想照目前这样生活下去。"

听到这话,他只是微微有些脸红,这引起了我的注意。他像个康复期的病人,疲倦而无力地摇了摇头。"不——我并不想这样。我想离开这儿。"

"你对布莱庄园厌倦了?"

"哦,不,我喜欢布莱。"

"既然如此,那么——?"

"呃,您知道男孩子们想要什么!"

我想我并不像迈尔斯知道得那么清楚,于是只好支支吾吾。"你想去找你的伯父?"

听到这话,他脸上又露出甜美却嘲讽的表情,他的头在枕头上动了动。"啊,您别转移话题呀!"

我沉默了片刻，心想现在脸红的人是我了。"亲爱的，我并不是想转移话题！"

"就算您想，您也办不到。您办不到，办不到！"他姿态优美地躺着，目光炯炯地注视着我，"我伯父一定要到乡下来，你们得把事情彻底解决。"

"要是我们一起商量，"我语气里带着些情绪，"肯定会把你送到很远的地方去。"

"好呀，难道您不明白这正是我梦寐以求的吗？您将不得不把您瞒着他的事情都告诉他，您得告诉他好多好多事呢！"

看到他说这话时洋洋得意的神情，我瞬间想到了该如何反击。"可是，迈尔斯，你自己又有多少秘密得告诉他呀？他有好些事情要问你呢！"

他琢磨着我说的话。"很有可能。可他会问些什么呢？"

"就是那些你从来没有告诉过我的事情。他了解了情况，才好拿主意把你怎么办。他不会把你送回——"

"哦，我根本不想回去！"他打断我，"我想换一个新地方。"

他说这话时脸上带着令人钦佩的淡定，洋溢着自信和喜悦。无疑正是他说话的语气强烈刺激了我，我感到这实在是一场残忍而幼稚的悲剧。不难想象，三个月后他可能还会带着这种虚张声势重返庄园，想必那时局面更加难堪。这种想法迅速占据了我的脑海，我再也无法忍受，任凭自己的情感宣泄出来。我扑向他，怀着无限怜悯和柔情，紧紧抱住他。"亲爱的小迈尔斯，亲爱的小迈尔斯——！"

我的脸紧贴着他的脸，他任我亲吻他，带着纵容的神情欣然接受。"好了吗，老太太？"

"你难道没有什么——你真的没有什么要告诉我的吗？"

他稍微侧转了一下身子，脸朝着墙壁，眼睛看看举起来的手，就像生病的孩子那样。"我已经告诉过您了——今天早晨就告诉您了。"

啊，我真为他感到难过！"你只是不希望我来烦你，对不对？"

这时他把脸转向我，像是承认了我的话。他温和地说："让我一个人待会儿吧。"

他那言语之间，甚至流露出他非同凡响的小小尊严，于是我放开了他。我缓缓起身，却还是不忍离去，想要在他身边多待一会儿。上帝知道，我绝不希望给他烦扰，然而此刻我觉得，只要我转过身去，就意味着放弃，或者更直接地说，就会失去他。"我开始给你伯父写信了。"我说。

"很好，把它写完！"

我又等了片刻。"以前发生过什么事情？"

他抬起头来注视着我。"什么以前?"

"在你回来以前。还有你离开这里以前。"

一时间他陷入了沉默,可依然注视着我。"发生了什么事情?"

在他吐出这几个字的声音里,我第一次捕捉到一丝轻微的颤抖,表明他内心深处是赞成我的说法的——我不禁跪在他的床边,再次紧紧抓住把他争取过来的机会。"亲爱的小迈尔斯,亲爱的小迈尔斯,要是你知道我多么想帮你就好了!这是我唯一的目的,除了想帮你,我没有任何别的想法,我宁愿死也不愿让你痛苦或受委屈——我宁愿死也不愿伤你分毫。亲爱的小迈尔斯!"——哦,此时此刻,我将自己的想法和盘托出,即使说得过分、不被他理解也在所不惜——"我只是需要你助我一臂之力,一起来挽救你!"可是,话一出口,我便意识到自己说得过分了。对于我的恳求,答复转瞬即来,一股逼人的阴风骤然而至,扑面而来的冷气砭人肌骨,整个房间发出剧烈的摇晃,在这狂风之中,窗框似乎被吹得轰然倒地,玻璃摔得粉碎。迈尔斯发出一声尖利的叫喊,这声音被其他恐怖的声响吞没了,虽然我紧挨着他,却还是分辨不出,他那叫声究竟是出于害怕还是出于狂喜。我一跃而起,这时才意识到,四下一片黑暗。就这样,那一刻我们都没有动,我环视四周，看到拉拢的窗帘纹丝未动，窗户也紧闭着。"啊，蜡烛灭了！"我喊道。

"是我把它吹灭的，亲爱的！"迈尔斯说道。

第十八章

　　第二天，下课后，格罗斯太太找了个机会，悄悄问我："小姐，那封信您写了吗？"

　　"是的——我写了。"但我当时没有说，虽然信已封好，写上了地址，却还在我的衣兜里。在邮差到来之前，我有足够的时间把信寄出去。与此同时，这个上午，我那两个学生的表现可真是前所未有，堪称典范，似乎他们俩都尽力想掩盖近来发生的小摩擦。他们展示着让人眼花缭乱的算术技巧，远远超出了我的能力范围，还用比平时更高昂的兴致，讲着各种地理、历史趣闻。当然，特别是迈尔斯，看得出来，他想展示一下自己能轻而易举地让我大开眼界。在我的记忆中，这孩子一向生活在难以言说的、既优裕又不幸的环境里，每次他冲动之下做出的事情，都流露其独特的个性。他绝不是个未经教化的普通孩子，在一般不了解内情的人看来，他完全是天真直率、无拘无束的，不过是个比普通孩子更机灵、更有个性的小绅士。这样一位小绅士，究竟能做出什么非得受罚的事情？我总是刻意警惕自己的这种好奇心，当我胡思乱想时，我的表情会暴露我的心事，我常常毫无缘由地发呆，垂头丧气地叹息，于是我不得不克制自己，放弃解开这个谜团的打算。如果说，我曾经遇上的那个恐怖幽灵也曾在他面前现身过，给他灌输过邪恶的思想，那么这些思想会不会化作行动？一想到这里，我心中所有的正义感都在隐隐作痛。

然而，就在这可怕的一天，迈尔斯的绅士派头更是胜过平时。我们早早吃过午饭，随后他来找我，问我是否愿意听他弹半小时琴。就算大卫给扫罗弹琴[1]时，恐怕也没有他这般善抓时机。那真是一场动人的表演，展示了他是如何机智、如何宽宏大量，简直就等于在说：“在那些我们喜欢的故事里，真正的骑士是不会得理不让人的。我知道您现在的想法，您希望自己一个人待一会儿，不要对您穷追不舍——以后您将不再为我操心，不再窥探我的秘密，也不再把我看

---

1 出自《圣经·旧约·撒母耳记上》第16章。扫罗率军灭亚玛力国后，因违反与先知撒母耳的约定，私自赦免了亚玛力的国王，因此与先知闹翻，被魔鬼缠灵，于是寻觅擅弹琴的人来解咒。伯利恒人耶西之子大卫应召而来，"从神那里来的恶魔临到扫罗身上的时候，大卫就拿琴，用手而弹，扫罗便舒畅爽快，恶魔离了他"。

得这么紧了,您会让我自己决定来还是去。好吧,我'来'了,您看见了——但我却不走了!咱们还有大把的时间呢。和您在一起我真高兴,我只是想向您表明,我是为了一个原则而斗争。"可以想象,我怎会拒绝他的请求,怎会拒绝与他手拉手回到教室。他在一架旧钢琴前坐下,弹琴的样子仿佛从来没有碰过钢琴,要是有人认为他最好还是去踢足球,我只能说我十分赞成。他奏出的琴声枯燥乏味,让我完全停止了思考,最后我突然惊醒,有种异样的感觉,似乎我在自己的岗位上睡着了。此时正值午饭过后,我靠在教室的壁炉边,其实并没有真的睡着,可我干了一件更糟糕的事情——遗忘。在这段时间里,弗罗拉在哪儿呢?当我问迈尔斯的时候,他又弹奏了一小会儿才回答我,可他只是说:"这个,亲爱的,我怎么会知道呢?"接着,他爆发出爽朗的大笑,笑声渐渐拖长,变成断断续续放肆的歌唱,仿佛想用人声与那琴声合奏似的。

我直奔自己的房间,可他的妹妹并不在那儿;我又查看了其他几个房间,之后才下了楼。既然哪都找不到她,那她一定是和格罗斯太太在一起,这么一想,我心中就坦然了,于是直接去找格罗斯太太。在昨晚与她见面的管家的房间里,我找到了她,面对我急言快语的询问,她表示一无所知,而且闻讯后大惊失色。她原以为午饭后我把两个孩子都带走了。她这么想自有其道理，这是我第一次没有采取特殊的预防措施，让小姑娘溜出了我的视线。当然也有可能她正跟女仆们在一起，现在最紧迫的任务就是不动声色地去找她。我们立即决定分头去找。然而十分钟后，我们各自找了一圈在大厅碰头时，只能互相告知，经过小心翼翼地查问，都没能找到她的踪影。有那么一小会儿，除了议论之外，我们之间还默默传递着焦虑。我能感觉到，我的朋友在我给她带来巨大的惊慌之后，正变本加厉地把更大的恐惧还给我。

"她可能在楼上吧，"过了一会儿她说，"在某个您没搜过的房间里。"

"不，她在远处什么地方，"这时我想清楚了，"她已经出去了。"

格罗斯太太瞪大了眼睛。"她连帽子也没戴？"

我自然也大惊失色。"是不是那个女人从来不戴帽子？"

"您是说她和她在一起？"

"她就是和她在一起！"我大声说道，"我们必须找到她们。"

我抓着我朋友的胳膊，可是，面对这么大一件事，她却没什么反应。相反，在这个关头，她站在那儿，一脸紧张不安的样子，问道："还有，迈尔斯少爷在哪儿？"

"哦，他和昆特在一起。他们在教室里。"

"天啊，小姐！"我的看法从未如此冷静、有把握——这一点我很清楚，所以我的语调想必也是一样。

"这个鬼把戏早就在玩了，"我继续说，"他们的计划很成功。他想出了一个把我稳住的绝妙的小花招，让她趁机溜了。"

"绝妙的？"格罗斯太太有些糊涂地重复着。

"那么，是'可恶的'好了！"我几乎兴奋地补充道，"他也给自己创造了机会。不过，尽管来吧！"

她愁容满面、束手无策地看着楼上。"您把他留下了——？"

"让他和昆特一起待了这么长时间？是的——现在我已经完全不在乎了。"

每当这种时候，最后她总要紧紧抓住我的手，这时她又拉住了我。见我突如其来想撂挑子，她吓得倒吸一口气，接着，她急切地问道："是因为您的那封信吗？"

我飞快地摸到那封信，一把掏出，举得高高的作为回答。然后，我挣开她，走过去把信放在大厅的桌子上。"卢克会把信送走的。"离开桌前我说道。我走到大门前，打开门，站到了台阶上。

我的朋友还在犹豫不决。昨夜和今晨的暴风雨已经过去，下午的空气依旧潮湿，天色灰暗。我走到车道上时，她正站在门口。"您不加件衣服再去吗?"

"那孩子都没加什么衣服,我还在乎什么?我等不了了,"我喊道,"如果你非穿不可,那我就不等你先走了。你顺便亲自上楼看看吧。"

"去看他们吗?"哦,听了这话,这个可怜的女人快步追上了我!

第十九章

我们直接赶往湖边。在布莱，人们都称这片水域为"湖"，我认为这么叫没错。虽然我想，或许是因为我这双眼睛没见过什么世面，实际上这片水面并没有像我看来那样巨大。在湖边，总是停泊着一条古老的平底船，供我们使用。我所见识过的水面不多，可还是有那么几次，经我同意，在两个学生的护卫下，我们乘着那条船，在湖面上荡漾，水面辽阔，波澜起伏，给我留下了深刻的印象。我们通常上船的地方离房子有半英里远，可我心中笃定，弗罗拉无论如何都不会在离家很近的地方。之前她从来没有偷偷溜走，若真溜走，那绝不是什么小小的冒险，而且，自从我和她在湖边经历了那次非同寻常的危险之后，我就已经注意到，平常我们散步时，她最喜欢去的地方就是那儿。正因如此，我带着格罗斯太太直奔目标而去。可是，当她搞清楚我们要去哪儿时，却不愿意继续前行，她脸上露出迷惑不解的表情。"您是要到湖边去吗，小姐？——您觉得她是在——？"

"她可能在那儿，尽管我相信，湖水并不很深。不过，我认为最大的可能是，她在那个地方，就是那天我们一起看见那个女人的地方，我告诉过你这事。"

"就是她假装没看见的那次——？"

"当时她冷静淡定的样子真是惊人！我一直相信，她想自己一个人回到那里。现在她哥哥给她创造了机会。"

格罗斯太太依然停住脚步没动。"您认为他们真的会经常谈论起昆特和杰塞尔小姐？"

我有十足的信心回答这个问题！"他们讨论的那些事情，要是让咱们听见，非把咱们吓死不可。"

"那如果她确实在那儿——？"

"嗯，那怎么样？"

"那么杰塞尔小姐也会在那儿？"

"毫无疑问。你会看到的。"

"哦，多谢您了！"我的朋友喊道，她听了这话就牢牢定在原地，再也不肯走了，于是我便独自前行。不过，当我走到池塘边的时候，她也跟了上来，我知道，她心里明白无论什么事情落到我头上，她和我待在一起，危险总归还是小的。那一大片水域终于映入眼帘，然而我们却并没有看到那个孩子,格罗斯太太长长地松了口气。在靠近我们这侧的湖岸上,根本没有弗罗拉的踪影,之前我就是在这里看到她的,她的举止令我大为震惊。湖对岸也没有人,只有大约二十多英尺宽的一行茂密的灌木丛,一直延伸到水边,成为水与陆地的一条分界。这个池塘呈椭圆形,宽度比长度小得多,两头都望不到边,或许有人会把它当成是一条断流河。我们望着那一片空阔苍茫,这时我从同伴的眼中看到了某种暗示。我明白她的意思,于是摇了摇头作答。

"不,不,等等!她把船弄走了。"

我的朋友盯着空空的系泊地,目光再次掠过湖面。"那么船在哪儿呢?"

"我们没见到船,这就是最充分的证据。她先是坐船渡到对岸,再设法把船藏了起来。"

"全靠她自己——一个孩子?"

"她并不是一个人,而且在这种时候她也不是个孩子了,她成了一个非常非常老练的女人。"我用目光搜寻着视线范围内的每一寸湖岸,格罗斯太太仔细琢磨着我给出的怪诞的解释,并没有提出什么异议。这时我说,那条船很可能藏在湖边的某个幽深处,藏在湖岸的凹处,被一段突出的岸角或一丛贴着水面生长的植物遮掩着。

"可要是船在那儿,那她到底在哪儿呢?"我的同伴焦急地问。

"那正是我们必须搞清楚的。"说着,我继续向前走去。

"我们要沿着这条道整个绕过去吗?"

"当然了,有多远我们就找多远。我们用不了十分钟就能走过去,可对孩子来说,她会嫌远,不愿意走。因此,她是直接从湖上过去的。"

"天啊!"我的朋友又嚷道。我的逻辑对她来说,实在是太深奥了。于是她只能亦步亦趋跟着我,等我们绕湖走了一半的路——小径迂回曲折,路面跌宕起伏,两侧杂草蔓生,我们走得十分疲惫——我停下步子,让她喘口气。我心怀感激,用胳膊扶着她,让她相信,她可以给我极大的帮助,于是我们又鼓起勇气继续前行。没过几分钟,我们就发现了船,果真在我预料的地方。船被尽可能地隐藏在人们看不到的地方,拴在围栏的一根木桩上。那根木桩紧靠着水边,是为了方便人们登岸。我看着那两支又短又粗的桨正稳稳当当地架在船上,心想,对一个小姑娘而言,这番活计实在过于繁重,不过,迄今为止,我已经在一个奇事频出的地方待得太久,见识过不少惊心动魄的情景,早已见怪不怪了。围栏上有扇门,我们穿门而过,又走了一小段路,来到一处开阔的地方。这时我俩异口同声地喊道:"她在那儿!"

不远处,弗罗拉站在我们眼前的草地上微笑着,仿佛在说她的演出此刻圆满结束了。不过,紧接着,她弯下腰去,捧起一大束枯萎丑陋的蕨类植物——仿佛她到这儿就是为了干这事。我立刻察觉,她肯定是刚从灌木丛里出来。她一步也不动,等我们朝她走去。我们的步伐中有种罕见的肃穆。她一直微笑着,我们走到了一起。其间大家一声不响,这显然是个不祥之兆。格罗斯太太首先打破了这沉重的气氛,她一下跪在地上,把孩子揽在怀里,久久地拥抱着那娇小、温顺的身躯。这震撼人心的一幕无声地上演,我只能旁观——我看见弗罗拉的脸,正越过格罗斯太太的肩头,窥视着我,我便更目不转睛了。弗罗拉的表情很严肃——刚刚那种闪烁不定的神色已消失不见,可这更加剧了我内心的痛苦,那一刻我竟嫉妒格罗斯太太和弗罗拉之间那种单纯的关系。在整个过程中,我们之间再无更多交流,只见弗罗拉松开了那一把傻乎乎的蕨类植物,任其落在地上。实际上,此刻我和她互相说什么都是托词,都没有用了。格罗斯太太终于站了起来,她拉着孩子的手,两人又站在了我的面前。弗罗拉目光坦诚地望着我,眼神中越发明显地传递出不言而喻的深意,仿佛在说:"我宁愿死也不会开口!"

先开口的还是弗罗拉,她上上下下地打量着我,见我们没戴帽子,她的脸上露出惊讶的神色。"嘿,你们头上的东西哪儿去了?"

"你头上的东西又在哪呢，亲爱的？"我立刻反问道。

她又高兴起来，似乎对这个回答挺满意。她接着问："迈尔斯在哪儿？"

这话里有透着小小的勇气，让我几近崩溃。她吐出的几个字，好似宝剑出鞘，闪过一道寒光，又像把几个星期以来，我一直高举着的盛得满满的酒杯猛撞了一下，此刻，我甚至还未开口，已然觉得那杯中的液体已奔涌溢流了。"我会告诉你的，如果你愿意告诉我——"我听到了自己的声音，也听出了其中的颤抖。

"好吧，告诉您什么呢？"

格罗斯太太用眼神示意我不要追问，但为时已晚，我痛快地把事情说了出来："我的宝贝，杰塞尔小姐在哪儿？"

第二十章

就像那天同迈尔斯在教堂墓地里的情形一样,我们无法回避了。这个名字虽从未在我们之间提起过,但也不过是彼此心照不宣。然而,弗罗拉听到这个名字时,却脸色突变,愤怒而痛苦地睁大了眼睛,我这样打破沉默,像是击碎了一大块玻璃。与此同时,仿佛为了抵挡如此重击,格罗斯太太发出尖锐的叫喊,活像一只受惊的动物,倏忽间,这叫声被我的惊呼掩盖。我紧紧抓住同伴的胳膊,大喊着:"她在那儿,她在那儿!"

与上次一样,杰塞尔小姐就站在湖对岸,与我们遥遥相对。我记得,奇怪的是,那一刻我心中激起的第一感觉竟是一阵狂喜,因为我找到了证据。她在那儿,所以证明我是对的。她在那儿,所以我既非无情,亦非精神错乱。她在那儿,是为了在可怜的、吓坏了的格罗斯太太面前显形,但她主要是为弗罗拉而来。在我经历的所有可怕的日子里，再没有什么比这一刻更非同寻常的了。尽管我明白她是个面色惨白、贪婪成性的恶魔，可我此刻却神志清醒地向她发出了无声的谢意，我想她会看到并理解的。她就站在我和同伴刚刚经过的地方，身子笔直，在她欲望所及之处，邪恶没有减少分毫。最初展现在眼前的形象和内心涌起的情感，都是鲜活强烈的，但这仅仅维持了几秒钟，其间格罗斯太太眨着她那昏花的老眼看向我指的地方，在我看来，她那副样子似乎在向我暗示她终于看见了。于是我低下头，瞧那孩子的反应。说实在的，当时弗罗拉那装腔作势的样子，简直让我大为震惊。如果她只是表现得焦躁不安，我倒不会这么吃惊，因为我完全没有料到她会那么惊慌失措。我们一路追来，实际上她已经有所准备，她必然会尽力掩饰，不露半点马脚。因此，我一见到那始料未及的情形，便大惊失色。她那粉红的小脸上没有一丝惊慌，甚至没有朝我说的幽灵的方向看上一眼，而是转身朝向我，一脸生硬和严肃，那是一种前所未有、无比陌生的表情，似乎在研究、谴责、审判我——面对这个突如其来的打击，眼前的小姑娘已然变成了让我畏惧的对象。我畏惧了，尽管我确信她看得清清楚楚。我胸中涌起强烈的冲动，迫切地想要为自己辩护，于是我激动地叫她做证。"她在那儿，你这个不幸的小东西——她在那儿，在那

儿，在那儿，你看她，就像看我这么清楚！"就在不久前，我对格罗斯太太说过，在这种时候，弗罗拉不像小孩，反倒像个很老很老的女人。此刻，我对她的这番描述得到了最有力的证实，她的反应暴露了一切：她的眼神里既没有承认，也没有妥协，而是向我摆出一副越来越凝重的表情，蕴含着某种突如其来、颇为坚定的憎恶。此时，如果我能将整件事情稍加概括的话，那么不是别的，恰恰是她的样子最令我惊骇。与此同时，我还震惊地发现格罗斯太太也不好对付。很快，我这位老伙伴便满脸通红、不顾一切地发出受惊后的大声抗议，强烈的不满脱口而出："小姐，真是让您吓了一大跳！您到底在那儿看见了什么东西啊？"

我只能敏捷地一把抓住她，就在她说话的时候，那个丑陋可怕的幽灵正清清楚楚、毫不畏缩地站在那里。它在那儿站了已经有一会儿，趁它尚未消失，我继续拉着格罗斯太太，把她朝幽灵的方向推，并不停地指给她看。"你难道真的没有像我们这样看见她吗？——你是说你现在看不见——现在吗？她就像一团熊熊燃烧的火焰那样显眼啊！你只要看一看，我亲爱的老姐姐，看一看呀——！"她像我一样看了一眼，接着，发出一声低吟，饱含着否定、拒绝和同情——还掺杂着她因没能像我一样看到幽灵而惋惜和庆幸——她那一瞥让我明白，但凡她可以，她一定会支持我，即便在当时，她的举动也让我大为感动。我或许很需要这样的支持，因为事实证明，她的双眼已经被完全遮蔽了，毫无希望可言，面对这个沉重的打击，我发觉自己的处境极为艰难。我感到——我看到——我那位面色乌青的前任，正站在那个地方，强迫我认输，而眼下我最需要的是好好思量，从这一刻起，我该如何应对弗罗拉那让人惊诧的态度。格罗斯太太也意识到了这一点，她立刻采取了激烈的方式处理，她气喘吁吁地安慰着弗罗拉，尽管我的挫败已经让这孩子暗中获得了巨大的成就感。

"她不在那儿，小姐，那儿没有人——您根本什么也没看见，宝贝儿！可怜的杰塞尔小姐怎么可能——？可怜的杰塞尔小姐已经死了，被埋葬了。这些我们都知道，是吧，亲爱的？"——接着，她慌里慌张地，又向那个孩子诉说起来："那纯粹是场误会，是种担心，是个玩笑罢了——我们赶快回家吧！"

听到这话，弗罗拉当即做出了反应，露出怪异又一本正经的样子。格罗斯太太站起身来，她俩并排站在我面前，又结成了同盟，怒气冲冲地与我对立。弗罗拉继续用她满是厌恶的目光死死地盯着我，脸上像戴着一张小小的面具。就在那一刻，我向上帝祈祷，恳求他饶恕我看见了这一幕。当她站在那里，紧紧抓住格罗斯太太的衣裙时，她那无与伦比的天真孩童的美丽瞬间凋谢了，消逝无踪。我早已说过——她实在冷酷得可怕，她已经变得粗俗，甚至丑陋不堪。"我不知道您是什么意思。我谁也没看见，什么也没看见。我从来就没看见过。您真残忍，我不喜欢您！"这番话只有大街上粗俗没规矩的小姑娘才说得出口。说完后，她将格罗斯太太抱得更紧了，还将她那受惊的小脸埋进格罗斯太太的衣裙。之后，她发出一阵近乎狂暴的哭喊："带我走，带我走——啊，带我离开她！"

"离开我吗？"我呼吸急促。

"就是离开你——离开你！"她哭叫着。

就连格罗斯太太也沮丧地看着我，我别无他法，只有再次和对岸的那个幽灵交流。那幽灵一动不动，僵硬而静默，好像在隔着这段距离聆听我们的声音。她是如此逼真又清晰，却并不是为了给我效劳，而是为了给我带来灾难。这个不幸的孩子已经说完了不知从外面什么地方听来的伤人感情的话，我心中充满绝望，只能接受这一切，我伤心地摇着头对她说："如果说过去我曾怀疑过，那么现在我所有的怀疑都消失了。我一直生活在悲惨的真相中，而现在它已经将我紧紧地缠住。当然，我失去了你，我曾干涉过你，而你——在她的指挥下，"——说到这里，我再次看向湖对岸，看向我们那位来自地狱的证人——"找到了最容易、最完美的方法来对付我。我已经尽力了,却还是失去了你。再见。"对格罗斯太太,我发出近乎疯狂的命令:"走,走!"这时,格罗斯太太已是无限苦恼,她仍默默地搂着那个小姑娘,尽管她什么也没看见,但她心中非常明白,某种可怕的事情已经发生了,我们正卷入灾难的漩涡。于是,她带着弗罗拉,沿着我们来的那条路,飞快地离开了。

我独自一人留在那里,接下来发生了什么事,后来我也记不清了。我只知道,在一刻钟(我估计有那么久)以后,我嗅到了潮湿难闻的气味,身上感到刺骨的寒冷,将我从杂乱的思绪中拉了回来,这时我意识到,自己刚才一定是受不住内心狂乱的悲痛,竟脸朝下扑倒在地上。想必我在那里躺了很久,哭叫了很久,当我抬头仰望时,天几乎已经黑了。我站了起来,透过暮色,看了一会儿那灰色的湖泊,还有那鬼魂经常出没的、但此时已空空如也的岸边,然后踏上了沉重而艰难的回家的路。当我走到那道围栏门口时,我惊讶地发现,船已经不见了,这使我对弗罗拉非凡的操纵形势的本事,又有了全新的认识。那天晚上,她和格罗斯太太精心安排,两人心照不宣——我得说,要是这个词用得不算太夸张、太虚假的话——一起度过了最愉快的夜晚。回到家后,我没有去见她们俩,可另一方面,似乎算是一种补偿,我却多次看到迈尔斯。我看见他的次数非常多,似乎比平时要多得多。那是我在布莱庄园度过的最为不祥的一夜,尽管更幽暗恐怖的深渊已经在我脚下张开了大口——但当现实的感觉逐渐消退,我却感到了异常甜蜜的悲伤。回到府邸后,我并没有去找那男孩,而是直接回自己的房间换衣服。回房后,我一眼便看见了弗罗拉和我决裂的物证——她的那些小东西都搬走了。稍后,在教室的壁炉旁,平日侍奉的女仆给我端来热茶,我沉浸在自己的世界中,关于我另一个学生的情况,我什么都没问。他现在获得自由了——他大可以自由到底!好吧,他确实拥有了自由,其中之一——至少部分如此——便是他八点钟左右来到教室,默默地坐在我身边,一言不发。女仆收走茶具时,我吹灭了蜡烛,把我的椅子挪近炉火,我感到一种致命的寒冷,仿佛自己再也不会获得温暖了。他出现时,我正对着壁炉的火焰思索着。他在门口稍稍停留,好像在观察我,然后——似乎想要分担我的心事——他走到壁炉的另一侧,身子坐进椅子里。我们坐在那里,寂静无声;然而,我感觉到,他确实想跟我在一起。

第二十一章

第二天,天还没有大亮,在我的房间,我一睁眼,就看见格罗斯太太站在我的床边,她带来了更坏的消息。弗罗拉发高烧了,一场大病也许就在眼前。昨夜她睡得极不安稳,被恐惧搅得彻夜难眠,然而令她恐惧的,却不是她从前的家庭教师,而是现在的家庭教师。若是杰塞尔小姐有可能进入她的房间,她并不会反对,可她却激烈地反对我到她房间去。我立刻起身下床,有一大串问题要问,此刻我的朋友显然也已经准备就绪,迎接我新一轮的挑战。在我刚一问她"你觉得我和孩子到底谁说的是真话"时,我就察觉到了这点。我问道:"她是不是坚持说她什么也没看见,从来就没有看见过?"

这个问题似乎让格罗斯太太十分为难。"啊,小姐,这可不是我能强迫她回答的!而且,我得说,也没有必要这样做呀。这件事已经让她整个人都老了好多。"

"哦，我在这儿也能把她看得一清二楚。她就像那些小小的名人雅士，最厌恶别人指责她不够诚实，她最看重的是体面尊严。要是她说'那的确是杰塞尔小姐——是她'，啊，那她也算有'尊严'。这个小丫头！我向你保证，昨天在那儿，她给我的印象真是怪极了，之前从来没有这样过。我的确把这件事弄糟了！她再也不会跟我说话了。"

这番话既吓人又费解，弄得格罗斯太太一时无言，然而接着她还是坦率地表示接受我的观点，不过，我似乎可以确定，在这坦率之中大有深意。"小姐，我认为她的确不愿意跟您说话。在这件事情上，她的态度确实很坚决。"

"那种态度，"我总结道，"正是她眼下的问题所在。"

哦，那种态度，我从格罗斯太太的脸上也看得一清二楚！"她每过三分钟就问我一次您是否会进来。"

"我明白——我明白，"对我来说，看透小丫头的真实目的实在是易如反掌，"从昨天起，她除了否认与那可怖的幽灵来往密切之外，是否还说过关于杰塞尔小姐的别的什么话？"

"一个字也没说，小姐。当然，您知道，"我的朋友接着说，"我相信她在湖边说的话，至少当时，那儿确实什么也没有。"

"可不！到现在你当然还是信她的话。"

"我不和她作对。不然我还能怎么办呢？"

"毫无办法！你在跟一个最机灵不过的孩子打交道。他们——我是指他们的两个朋友——已经把这两个孩子培养得绝顶聪明，就是造化本身也做不到这一点，要知道他们天生就是好材料！弗罗拉现在已经满腹委屈，她会顽固到底的。"

"是的，小姐，可到哪儿才算到'底'呢？"

"这个，她会向她的伯父告我的刁状，让他认为我是最卑鄙下流的人——！"

看到那一幕仿佛在格罗斯太太的脸上上演，我不禁有些畏缩。她凝神片刻，好像清清楚楚地看见了他们在一起的情景。"可他一向对您的印象很好啊！"

"但他表达的方式太古怪了——我现在可算明白了！"我大笑道，"不过这并不重要。毫无疑问，弗罗拉一心想的就是要摆脱我。"

我的朋友大胆地表示同意我的看法。"她再也不想看见您了。"

"既然如此，那你来我这里是想干什么呢？"我问道，"是想催我快点上路吗？"她还没来得及回答，就被我打断了，"我还有个更好的主意——这是我深思熟虑的结果。我离开看来是个正确的选择，而且上个星期天，我差点儿就走了，但这不解决问题。必须走的人是你。你必须带上弗罗拉一块走。"

听到这话,格罗斯太太沉思起来。"可世界这么大,上哪儿去呢——?"

"只要离开这儿,离开他们。现在,甚至最要紧的是先离开我。直接去找她的伯父。"

"只是去告您的状吗——?"

"不,并不'只是'为了告状!还有,是为了让我留在这儿进行补救。"

她仍然听不明白。"那您打算怎么补救呢?"

"首先,要靠你的忠诚。然后,还要靠迈尔斯的忠诚。"

她紧紧地盯着我。"您认为他——?"

"不会趁机反抗我吗?是的,我这么想还是有些冒险。不过,无论怎样,我想试试。你带着他妹妹尽快走,留我一人和他一起。"我自己也很吃惊,事到如今,我居然还有这样的勇气。正因为如此,我对格罗斯太太有些不满,她面对如此好的榜样却还犹豫不决。"当然,有一件事,"我接着说,"在她走之前,千万不能让他们见面,哪怕几秒钟也不行。"这时我突然想到,虽然弗罗拉从湖边回来的那一刻起就可能被隔离了,但我这话或许说得太迟了。我焦急地问道:"你说,他们已经见过面了?"

她顿时涨红了脸。"啊,小姐,我还没有那么傻!虽然中间我因为有事，有三四次，不得不离开她，可每次我都派一个女仆陪着她。眼下，虽然她一个人待着，但是她的房门牢牢地锁着。不过——不过！"要说的事情太多了。

"不过什么？"

"这个，您对那位小绅士那么有把握？"

"除了对你，我对任何事情都没有把握。不过，从昨天晚上起，我有了新的希望。我觉得他想对我公开他的秘密了。我的确相信——那个可怜、精致的小淘气——他要讲真话了。昨天晚上，在壁炉边，他一声不响地陪在我身边坐了两个小时，我看事情就要有眉目了。"

格罗斯太太皱紧眉头，透过窗户，她凝望着乌云密布的灰色天空。"那他说了吗？"

"没有，虽然我等呀等呀，但我承认他什么也没说。他始终没有打破沉默，也丝毫没提起他妹妹的情况，最后我们只能互道晚安彼此吻别。不管怎样，"我继续说，"在我没有给这个男孩更多时间让他做出决定之前，即便他们的伯父见了弗罗拉，我也不会同意他去见迈尔斯的——主要是事情已经到这步田地了。"

我完全无法理解的是，我的朋友在这个问题上显得更不情愿了。"您说的'更多时间'是什么意思？"

"哦，一两天吧——等他说出真相。到那时他自然会站在我这边的——你明白这有多么重要。要是事情还是照旧，我就只能承认失败了，就算出现了最坏的情况，可你毕竟也到了城里，把该做的事情都做了，这也算帮了我的忙。"我把话都跟她挑明了，可她仍在为一些细枝末节踌躇不定，于是我又帮了她一把。"当然了，除非，"我把话说尽，"你确实不想走。"

从她的表情上我看出，她终于拿定了主意，她向我伸出一只手作为保证。"我走——我走。我今天上午就走。"

我希望她能心甘情愿地走，没有一点勉强。"要是你想再缓缓，那我会尽量想办法让她见不到我。"

"不，不，问题就出在这个地方，她必须离开这里，"她用凝重的目光看了我好一会儿，把心里的话都说了出来，"您的想法是对的。我自己，小姐——"

"怎么？"

"我待不下去了。"

她看我的眼神，让我瞬间想到种种可能。"你是说，从昨天起，你也看到了——"

她郑重地摇了摇头。"我听到了——！"

"你听到了？"

"从那个孩子口中——听到了恐怖的事！在那儿！"她悲哀地叹了口气，"我以自己的名誉发誓，小姐，她说了一些事情——！"可是，刚刚开了个头，她就再也说不下去了，一头倒在沙发上痛哭起来，就像我先前见过的那样，被悲伤彻底击垮了。

我的表情却完全不同。"哦，感谢上帝！"

听到我这么说，她一跃而起，呜咽着擦干眼泪。"'感谢上帝'？"

"那完全证明了我是对的！"

"确实是那样，小姐！"

我不能指望有比这更肯定的答复了，可我还是犹豫了一下。"她当真那么可怕吗？"

我能看出格罗斯太太简直不知道该怎么说才好。"实在是太吓人了。"

"是关于我的吗？"

"如果您非要知道的话——是关于您的，小姐。一位小淑女能说出那样的话真是太出格了，我简直无法想象她是从哪儿学来的——"

"你是说她用一些骇人听闻的话骂我？我能想象得出！"我笑着插嘴，这笑声无疑是意味深长的。

事实上，听了我的笑声，格罗斯太太反倒更加严肃了。"好了，或许我也应该——因为我之前就听到过一些！可我无法容忍。"这个可怜的女人接着说，同时，她扫了一眼放

- 167 -

在我梳妆台上的手表,"不过,我得回去了。"

可我想让她继续讲下去。"哦,既然你不能容忍——!"

"您是说,那我怎么能和她住在一起吗?嗨,就是为了这个目的呗——把她带走。离这儿远远的,"她又加了一句,"离他们远远的——"

"也许她不一样?也许她会得到自由?"我几乎是快乐地抓紧她,"这么说,尽管有昨天那件事,但是你还是相信——"

"相信这些事情?"她闪烁其词,表情似乎透露出她不愿再详谈下去,不过,她还是前所未有地跟我交了底。她说:"我相信。"

是的,这真是一桩喜事,我们依然是肩并肩的战友,只要我能继续对这一点有把握,那么别的事情,我都不太在意。危难之际我需要支持,就像最初我需要信心一样,只要我的朋友能对我报以诚恳,那么其余的一切都由我去应对。在即将与她分别的时候,我实在有些依依不舍。"我刚刚想起来,有件事情你得记住。那封给老爷的报警信,会在你之前到达城里。"

我终于看出来了,她方才一直拐弯抹角、吞吞吐吐,此刻却终于再也忍不下去了。"您的那封信不会寄到那儿的。您的信根本就没寄出去。"

"怎么会呢？"

"天知道！迈尔斯少爷——"

"你是说是他拿了那封信？"我有些透不过气来。

她犹豫着，但终究还是克服了心中的纠结。"我是说昨天我和弗罗拉小姐回来的时候，看见那封信已经不在您放的地方了。后来到了晚上，我找机会问了卢克，他说他既没有看到信更没有动过。"说到这里，她停住了，我俩心照不宣地用目光交流着彼此的想法。最后还是格罗斯太太打破了沉默，她几乎有些得意地说："您明白了吧！"

"是的，我明白了，如果是迈尔斯拿了那封信，他可能已经读了信，并且把信销毁了。"

"难道您没看出点别的？"

我面带苦笑，与她对视了片刻，然后说："真让我吃惊，我突然发觉，这回你的眼睛比我睁得还要大。"

事实证明，的确如此，可发觉被人识破了，她还是有些羞赧，居然脸红了。"我现在才想清楚他在学校里干了什么，"她有些滑稽地点了点头，以她特有的简洁犀利，说出了她悟出的事实，"他偷了东西！"

我仔细考虑了一番——试图更慎重、公正一些。"哦——或许是这样。"

看上去，我的平静似乎让她感到很意外。她强调说：

"他偷信!"

她无法理解为何我如此平静,其实原因很简单,于是我尽可能地向她解释清楚。"我真希望他此次故技重施能更有名堂!可我昨天放在桌子上的那封信,"我接着说,"没法给他带来多少好处——因为,在信里我只是求他伯父来看看——可他为了这么点儿事,却做出如此丢人的事情,昨天晚上他一定是在纠结要不要承认自己的错误,"在这一刹那,我觉得自己似乎掌握了全局,看透了一切,"离开我们,离开我们,放心走吧。"——在门口,我催她上路。"我会让他说出来的。他会来见我的——他会承认的。如果他承认了,他就得救了。如果他得救了——"

"那么您也就得救了?"说完这话,这个和蔼善良的女人吻了我一下,我也和她依依道别。"即便没有他,我也会救您的!"她临走时喊道。

第二十二章

然而,她刚一出发,我就怀念起她来,大难也真的将要临头了。如果说我之前期待过跟迈尔斯单独相处也许会给我带来什么好处,那么我很快便意识到,这至少能逼着我想出点办法。事实上,当我下楼得知格罗斯太太和弗罗拉乘坐的马车已经驶出庄园的大门时,心里顿时生出种种不安,这是我到这座庄园以来,最为忐忑的时刻。我对自己说,现在我要和幽灵正面交锋了。在这天剩余的大部分时间里,我一边跟自己的软弱做斗争,一边也认识到,自己实在有些鲁莽。我感觉此处变得局促狭小,让人转不开身,尤其是我第一次见到旁人面对这次危机时那惊慌失措的反应,更加重了我这种感觉。已经发生的事情自然令他们目瞪口呆,关于格罗斯太太带着弗罗拉突然离去,无论我们怎么解释,都无法令众人满意,男女仆人们都满腹疑虑。见他们如此,我越发精神紧张，后来，我觉得必须得采取实际的措施加以补救。总而言之，我只有紧紧掌握住舵把，才能避免沉船灭顶的命运。我敢说，为了咬紧牙关坚持下去，那天上午我表现得严肃庄重、不苟言笑。我心甘情愿担起诸多重任，也有意让仆人们知道，一切由我负责，我的信心牢不可破。在随后的一两个小时里，我以这种姿态巡视了整个庄园，看上去，毫无疑问，我已经做好了应对任何突发事件的准备。就这样，为了做给那些与此事相关的人看，我心情沉重地在庄园里逡巡。

午餐时分，那个看起来似乎最不关心此事的人，反倒是小迈尔斯。我四处巡视却不曾见到他的踪影，这更加暴露出我们之间的关系已不复从前，这是昨天他为了掩护弗罗拉，有意大弹钢琴，欺骗糊弄我的结果。当然，之所以暴露，是因为弗罗拉先是被隔离，接着又匆匆离开，我们也不再按照通常的习惯上课，这也算是将我们之间的嫌隙公之于众了。吃早饭前，我推开他的房门，他已经不见了。我下楼时得知，他已经吃过了早饭——当时有两个女仆在场，还有格罗斯太太和弗罗拉。接着他出了门，据他自己说，是出去散散步。我想，没有什么比这更能表达出他对我职责突变所持的坦率看法了。目前他能允许这一职责在多大范围里执行，还尚未可知，不过无论如何，由于放弃了假装，倒是有种奇怪的解脱。我是说，尤其是对我自己而言。如果说这么多事情都已浮出水面，那么我可以毫不夸张地说，我们依然在彼此做戏，好像我还有什么东西可以教他似的，这真是荒谬，甚至比那些昭然若揭的真相还要引人注目。有件事情非常惹眼：之前他为了照顾我的体面，总是暗中耍一些小伎俩，在这方面他甚至比我还在乎，为了够得上他的实际水平，给他上课时我常感到非常吃力，曾不得不向他求饶，允许我放慢一些。不管怎么说，他如今获得了自由，我再也不去干涉了。而且，正如我详细描述过的那样，昨天晚上他到教室来找我的时候，关于之前发生的那段小插曲，我既没有挑起话题，也没有丝毫暗示。从那一刻起，我满脑子别的念头。可是，当他终于到来时，看到这个漂亮的小人儿，我却很难开口问他那些在我心里积压已久的问题，从表面上看，昨天发生的事情，在他的身上没有留下一丝阴影或痕迹。

为了向全府的人显示我提倡的高贵气度，我下令将我和迈尔斯的午餐安排在楼下，于是我便在那间沉闷华丽的房间里等待着他。记得我来这里后第一个可怕的礼拜天，就在这个房间的窗外，格罗斯太太跟我讲了不少事情，给了我一些启发。眼下在这里，我又一次发觉——其实我曾多次有这种感受，我心态的平衡依赖于我坚强的意志，我必须尽可能地紧闭双眼，无视这样的事实——不得不同令人作呕、违反天性的东西打交道。我只能坚持下去，靠着相信"天理"具有战胜邪恶的力量，靠着把我所面对的巨大考验看作是某种动力，它推动的方向不同寻常，过程也尤为痛苦，但终点是美好的未来，我只需在世俗的人类美德上再努把力，就好比将螺丝再拧紧一圈罢了。为了这个目标，我不仅要有勇气献出自己，还要承载起种种天道伦常，更需要发挥出自己的聪明才智。怎么才能比较策略地跟迈尔斯提起发生的事情呢？也就是说，我该怎样既提出这件事，又不会再次陷入那可怕的黑暗之中？幸好，过了一会儿，我得到了答案，迈尔斯表现出罕见的活泼，这无疑证实了我的想法。的确，即便是现在，他依然能够找到某种微妙的方法，让我放松下来，就像他平常上课时经常做的那样。当我们共享孤独时，那真相之光不是也迸发出未曾黯淡的绚丽火花吗？其实，帮助他的好机会已经来临了。一个天赋异禀的孩子，人人都不得不承认他绝顶聪明，却拒绝眼前的机会和帮助，这岂不是太荒唐了？上天给他那份聪慧不就是为了挽救他吗？然而，一个人若想触及他的心灵，会不会担上损害他性格的风险呢？我们面对面坐在餐厅里的时候，他似乎给我指明了方向。烤羊肉摆上了餐桌，我命仆人们退下。迈尔斯入座之前，先站了一会儿，双手插在兜里，看着桌上的羊肉，似乎想发表一番诙谐幽默的评论，然而，他脱口而出的却是："我说，亲爱的，她真的病得很厉害吗？"

"你是说小弗罗拉？没有很厉害，她很快会好起来的。在伦敦，她的病会好得快些。布莱庄园已经不太适合她了。过来吃羊肉吧。"

他警觉地听了我的话，小心地端着盘子走到自己的座位上，坐下以后，他接着问我："难道突然之间，布莱庄园就不适合她了？"

"不像你想的那么突然。事情都是一步步发展的结果。"

"那你为什么之前不把她送走？"

"什么之前？"

"在她还没病得无法旅行之前。"

我的反应很快。"她并没有病得不能旅行，可要是继续待在这里，倒是有可能会越发严重。这次她走得正是时候，去了别的地方，她受到的那些坏影响就消散了，"——啊，我说得太漂亮了！——"一扫而空了。"

"我明白了，我明白了。"在这件事上，迈尔斯应对得也很漂亮。他低头吃起饭来，他吃饭的样子优雅迷人，完全符合餐桌上的礼仪，从他到布莱庄园的那天起，就根本用不着我这个家庭女教师的监督。无论当初是什么原因他被学校开除的，绝不会是因为吃相不佳。他的举止像平时一样无可指摘，不过无疑今天他表现得更加刻意。看得出来，他在努力做一些没有别人帮助就无法轻易做到的事情，希望得到我的认可,当他发现自己力不从心的时候,就保持沉默。我们这顿午饭吃得无比之快,我纯粹是装装样子。饭后我立即让人把东西撤掉,仆人在收拾餐桌时,他站起身来,双手插兜,背对着我——站在那儿,透过宽大的窗户向外看。那天,我就是透过这扇窗户,看见了让我毛骨悚然的东西。我们继续保持沉默,旁边的女仆也一声不响。这番情景让我心血来潮,我不禁想象着,我们活像一对蜜月旅行中的小夫妻,在一家小旅店里,当着侍者的面羞羞答答的。等到侍者离开之后,他才转过身来。"好啦——这下就剩下咱们俩了!"

第二十三章

"哦，差不多吧。"想象得出我的微笑苍白又勉强。"但也不完全对。咱们并不希望这样！"我接着说。

"是的——我想咱们不会的。当然，还有别人和咱们在一起。"

"还有别人——的确还有别人和咱们在一起。"我赞成他的说法。

"不过，就算还有他们，"他话头一转，双手依然插在兜里，双脚像生了根，一动不动地站在我面前，"可他们也无关紧要，对不对？"

我尽力装作若无其事，但脸色却变得苍白。"那要看你说的'无关紧要'是什么意思了！"

"是的，"他顺着我说，"一切都得看情况！"这么说着，他又转过身去，面对着窗户，心事重重地迈着不安的步子走到窗前。他在那儿站了一会儿，额头贴着玻璃，凝视着窗外熟悉又乏味的灌木丛和十一月枯燥沉闷的景色。我总是拿起针线活儿来掩饰自己内心真实的想法，现在我又作势拿着针线坐到沙发上。靠着沙发，我尽力使自己静下心来，之前我心烦意乱的时候常常这么做。这种事情已屡次发生，每当我意识到有人对孩子们施加了什么影响，而我却被排斥在外时，我便会按照自己的习惯做最坏的打算。然而，当我凝视着迈尔斯的后背，他完全是一副拘谨为难的样子，我心中突然生出异样的感受——此刻我并没有被排斥在外。几分钟后，这种想法在我脑海中变得更加清晰强烈，我竟然一眼洞穿实情：毫无疑问，真正被排斥在外的是他。对他来说，那扇大窗户的一个个方格简直就是失败的象征。总而言之，他好像被关在什么里面，或是关在什么外面，被困住了。虽然他的表现依然天衣无缝，可心中并不舒畅，我将这一切看在眼里，心中涌起阵阵希望。难道他不是在透过那幽灵出没的窗户，寻找着什么他看不见的东西吗？——到目前为止，这难道不是他第一次失手吗？第一次，的确是第一次，我发现这是个极好的迹象。眼下他十分焦急，但还是刻意不表现出来；他已经着急了一整天，虽然他像往常那样笑容可掬，颇有绅士风度地坐在餐桌前，但他得费尽心机才不致露馅儿。不过，当他终于转过身来面对我的时候，他的心机几乎完全白费了。"不错,我觉得很高兴,布莱庄园还算适合我待!"

"看来,在这二十四小时里,你对布莱庄园的认识比以往增加了不少。我希望,"我勇敢地说下去,"你在这里一直都过得很愉快。"

"哦,是的,到目前为止我都很快活,我到处转悠——几英里外都跑遍了。我还从来没有这么自由自在过。"

他确实很有自己的一套,我只能努力跟上他的想法。"哦,你喜欢这样吗?"

他站在那里微笑着,最终,他吐出两个字——"您呢?"这无疑是我听到过歧视意味最强的两个字。不过,我还没来得及回答,他似乎意识到这话有些莽撞无理,需要缓和一下气氛。"您处理这件事情的办法真是再可爱不过了,因为,虽说现在剩下咱们俩单独相处,但最孤独的人却是您。而我希望,"他又补充道,"您别太在意!"

"在意和你相处吗?"我问道,"亲爱的孩子,即使我在意又能怎样呢?我已经不再奢望做你的朋友——你拒我于千里之外——可至少我还是无比乐意与你做伴。我在这里留下不走难道还会有别的目的吗?"

他越发直率地看着我,脸上的表情更严肃了,模样比以往任何时候都要俊美。"您留下不走仅仅是为了这个?"

"当然。我作为你的朋友留下不走,既是因为我对你怀有浓厚的兴趣，还因为我想为你做点对你有好处的事情。你不必为此感到惊讶，"我的声音剧烈地颤抖着，几乎无法控制，"你不记得了吗，在那个风雨交加的夜晚，我坐在你的床边，是怎么跟你说的？在这个世界上，为了你，我什么事情都愿意做！"

"是的，是的！"看得出，他越来越激动，想尽力控制自己的语气。他比我控制得要好得多，在如此严肃的时刻，他居然还能笑出声来，假装我们在愉快地说笑。"我想，您这么说是想让我为您干点儿什么吧！"

"你说对了一部分，我是想让你做点事儿，"我承认道，"但是，你知道，你并没有做到。"

"哦，是的，"他表面有几分热情，"您想让我跟您说点什么事。"

"就是这件事。说出来吧，直接说出来吧。你心里有什么，你自己知道。"

"啊，您留下来就是为了这个？"

他的口气虽然轻松，可我还是捕捉到了一丝愤怒的颤抖，这含蓄的屈从在我的心湖上掀起了怎样的涟漪，我难以用言语来表达。这就好比，期盼已久的事情终于到来时，我却吓了一跳。"这个，是的——我可以毫不避讳地说出来。我留下的确是为了这个。"

他沉默了好长时间，我以为他是在考虑如何反驳我的主观臆断，推翻我行动的基础和前提，然而最终他却说："您是说要我现在——在这里说？"

"此时此地再好不过了。"他不安地环视着周围——哦，真奇怪！在我印象中，这是第一次看到他有这种类似恐惧的征兆。好像他突然对我害怕起来——我想，也许正好可以借此来争取他。不过，见他这样我心中有些不忍，只觉得摆出严厉的架势也毫无用处，于是我听到自己用温柔得近乎可笑的声音说："你又想出去吗？"

"非常想！"他英勇地对我笑了笑，这小小的勇气配上他那因为痛苦而涨红的脸，显得更加强烈。他拿起方才带进来的帽子，站在那里将帽子转来转去，那副样子让我觉得，虽然此时我离目标仅一步之遥，却对自己正在做的事情感到厌恶和恐惧。无论用何种方式做这件事，都是一种暴行，因为，这除了将粗鄙、罪恶的想法强加在一个孤苦无助的小生命身上——而正是这个小生命，让我发现了人与人之间存在的种种美好的可能性——难道还有什么别的意义吗？让如此优雅迷人的孩子落入困厄难堪的窘境，难道还不够卑鄙吗？如今我才看清了我们当时的处境，而那时我却不够清醒，我似乎能够看到我们可怜的眼睛里闪烁着异样的火花，预示着巨大的痛苦终将来临。所以，我们在惊恐和忧虑中兜着圈子，就像不敢靠近敌人的战士。可是，我们害怕的正是对方啊！恐惧让局面悬而未决，让我们彼此毫发无伤。"我会把一切都告诉您的，"迈尔斯说，"我是说，您想知道的事情我都告诉您。您愿意留下来陪我，我们俩都会安然无恙的，我愿意告诉您——我愿意，但不是现在。"

"为什么现在不讲？"

我的坚持使他再次转过身去，默默地对着窗户，四周静得连针掉在地上的声音都听得见。接着，他来到我的跟前，从他脸上的表情我可以推测出，显然外面有人在等他。他说："我得去见卢克。"

我并没有把他逼到非得说这么粗俗的谎话的地步，我为他感到丢脸。不过，虽然这令人生厌，但我却能顺着他的谎话把真话说出来。我沉思着，一边钩着手中的花边，一边说："那么好吧，你去找卢克吧，我会等着你来兑现你的诺言。作为交换，在你离开前，得先满足我一个小小的要求。"

看起来，他似乎觉得自己已经小有成就，还能进行一番讨价还价。"小小的——？"

"是的，九牛一毛，微不足道。你告诉我吧，"——哦，我装作埋头于工作的样子，可我的杀手锏终于使出来了！——"昨天下午，你是不是从大厅的桌子上拿走了，你知道的，我的信？"

第二十四章

我正观察着他对我的问题会做何反应，这时有个东西突然转移了我的注意力——起初我像遭遇了雷击，一跃而起，刹那间，我不顾一切地紧紧抓住迈尔斯，把他拉到身边，接着我靠在离我最近的家具上支撑住身体，同时下意识地让他背对着窗户。窗外，幽灵又现身了，是我早就在这里打过交道的家伙——彼得·昆特，他站在窗外的样子，活像个牢门前的看守。我看到他走到了窗前，脸贴着玻璃，向屋内窥视，再次把他那张苍白的鬼脸展示给屋里的人看。此情此景，我当即拿定了主意，我相信没有哪个女人，如此惊慌失措后，能够在这么短的时间里恢复行动力。我意识到，在此刻幽灵徘徊的恐怖之中，我应该看清并勇敢面对一切，同时绝不能让迈尔斯对幽灵有所察觉。这时我突发灵感——一时想不出别的字眼——我觉得自己完全可以凭直觉和本能行事。这就像与魔鬼争夺人的灵魂,我暗暗掂量着事态,赫然看见,在我颤抖的双手之间,离我近在咫尺的、这个"人的灵魂"——那可爱的孩子额头上沁出了一层细密的汗珠。这张脸与我的脸靠得如此之近,与紧贴在玻璃上的那张脸一样苍白。这时,眼前的小脸吐出一个声音,既不低沉,也不微弱,却像是从遥远的地方传来,而我闻声如饮甘露。

"是的——我拿了那封信。"

听到这话,我发出一声欣慰的感叹,弯下身去,把他搂在怀里,让他紧紧依偎在我的胸前。我能感觉到,他那小小的身体突然发起烧来,小小的心脏也在剧烈地跳动,我的目光始终盯着窗外的幽灵,看着它动来动去,变换着姿势。我方才将他比作监狱的看守,可是此刻,他却在缓慢地来回兜着圈子,样子更像一头徘徊的困兽。眼下我的勇气虽然苏醒,但还没有大到可以滥用的地步,我不得不克制住自己的激动。与此同时,那张面孔又出现在窗前,朝屋内怒目而视,那个恶棍一动不动地站着,似乎在观察、等待着什么。我有充分的信心,相信自己能战胜他,而且我能肯定,迈尔斯并没有察觉到昆特的到来,于是我鼓起勇气。"那你为什么要拿那封信呢?"

"我想看看您在信里说了我什么。"

"你把那封信拆开了?"

"我拆开了。"

这时我将迈尔斯稍稍推开,端详着他的小脸,他脸上那冷嘲热讽的表情已荡然无存,由此可知,他是多么心神不宁。令人惊讶的是,到头来,由于我占了上风,他的聪明机智都不见了,他与外界的交流也都停止了。他知道自己面前似乎出现了什么东西,却并不知道那究竟是什么,更不知道我面前也有个东西,而我却知道那是什么。我再次看向窗户,只见天空恢复了澄明晴朗,难道说是我的胜利扑灭了那幽灵的气焰?若是这样,那我这点紧张和烦恼又算得了什么呢?窗外的幽灵不见了。我觉得这完全是我努力的结果,无疑我应该乘胜追击,取得全胜。"可是你却毫无所获!"我得意地说道。

他摇了摇头,显得心事重重、无比难过。"的确是什么都没有。"

"没有,没有!"我几乎快活地嚷了起来。

"没有,没有。"他悲伤地重复着。

我兴奋地亲吻着他的前额,他的额头已经布满了汗水。"那么你把那封信怎么处理了?"

"我把它烧了。"

"把它烧了?"机不可失,我追问道,"你是不是在学校就这么干过?"

啊，一听这话，他的反应可想而知！"在学校？"

"你也拿过信吗？——或者别的什么东西？"

"别的东西？"他似乎在回忆某件遥远的往事，好像只有绞尽脑汁才能想起来。可他还是想起来了。"您是说我偷东西？"

我发觉自己的脸唰地一下红到了头发根，我不知道向一位绅士提出这样的问题，或是指望看到他默认自己的堕落，是否太异想天开了。"你是不是因为这个，所以才无法回学校去呢？"

他多少有些惊讶，样子颇为忧郁。"您知道我回不去了？"

"我什么都知道。"

听了这话，他注视着我良久，那眼神我从未见过，十分古怪。"什么都知道？"

"什么都知道。所以，你之前是不是——？"可那个字我再也说不出口了。

迈尔斯却说得出口，他干脆地回答："没有。我没有偷过东西。"

我脸上的表情肯定让他以为，我完全相信他的话，可我的双手却纯粹是出于对他的一片柔情，摇晃着他，好像在质问他，既然没有什么原因，那为何要害我忍受几个月的折磨。"你在那儿究竟干了什么？"

他痛苦而茫然地来回打量着头顶的天花板，深吸了几口气，仿佛呼吸有些困难。他的样子就像站在深深的海底，正抬起眼睛寻找幽暗碧绿的光芒。"这个——我说了一些话。"

"仅此而已？"

"可他们觉得这就够了！"

"够把你开除了？"

说老实话，我还从来没有见过哪个被开除的人像眼前的小人儿这样，对自己被开除的解释竟如此轻描淡写！他似乎在掂量着我的问题，但脸上的表情既心不在焉，又束手无策。"行了，我知道我不该那样。"

"可你到底对谁说了那些话呢？"

他显然尽力在回想，可是没有成功——他已经忘得一干二净了。"我不知道！"

他已经屈服了，向我露出苦笑，实际上，这时我应该见好就收。可是，我已经有些忘乎所以了——被胜利冲昏了头脑。本来这番努力应该拉近我们之间的距离，现在却将他推得越来越远。"你是不是对所有人都说了那种话？"我问道。

"没有，只是对——"他悻悻地摇了摇头，"我不记得他们的名字了。"

"他们人多吗？"

"不——只有几个人。那些我喜欢的人。"

那些他喜欢的人？听了这话我不但没有解开疑团，反而更加摸不着头脑，不过，片刻之后，我突然醒悟到，也许他是无辜的。这个念头使我一惊，悔恨万分。一时之间，我感到非常狼狈，心里七上八下地没了底。如果他是无辜的，我这么逼问他、折磨他，那我成了什么人？心里被这个问题撕扯着，我不由得垂头丧气，把他稍稍放松了一些。他深深地叹了口气，又转身背对着我。当他面对着那扇空荡荡的窗户时，我心中无比痛楚，我想，此刻再也无法阻止他往那里看了。"他们又把你说的话告诉了别人？"过了一会儿我问道。

他立刻朝前走了一步，离我更远一些，口中喘着粗气，尽管此时他没有发怒，但脸上又浮现出抵触的神情。像刚才一样，他再次抬头看着那阴暗的天空，好像到目前为止，除了不可言状的焦急之外，再没有什么东西能支撑着他。"哦，是的。"他到底还是回答了。"他们肯定把我的话又告诉了别人。告诉了那些他们喜欢的人。"他补充道。

他的回答没有我预想的那么详细，可我还是琢磨了一会儿。"于是这些话传来传去，传到了——？"

"您是说传到了老师那儿？哦，是的！"他简单干脆地回答，"但我不知道他们会说这件事。"

"那些老师吗？他们没有——他们根本没说，所以我才来问你。"

他那漂亮的发着烧的小脸又转向我。"是的,那话太难听了。"

"太难听?"

"我想有时候我说的话是太难听了。他们没法写信告诉家里。"

我不知该用什么字眼来形容我当时矛盾的心情,那孩子说出这番话,真是让人莫名地悲怆,我只知道,紧接着,我听见自己口无遮拦地嚷道:"纯粹是胡说八道!"接下来我的口气,一定是极为严厉。"你到底说了些什么?"

我的严厉其实是冲着那些随便指责他、决定他命运的人去的,然而却让他又背过身去。见状,我一跃而起,失控地大叫一声,扑到他身上。在那儿——紧贴着玻璃,想要阻止他认错、制止他回答的,那个给我们带来痛苦的始作俑者——那张苍白的魔鬼的面孔又出现了。眼见我的胜利即将化为泡影,我又要重新开始战斗,瞬间我头晕目眩,所以我那疯狂的一跃,只能使自己的全部心思暴露无遗。我明白,他从我的行动中看出了我的目的,可这仅仅是他的猜测而已,因为在他眼中,窗户那里依然是空荡荡的。于是,我听任内心的冲动燃烧起来,我要将他的极度灰心丧气转变为他得到解脱的确凿证据。我一边将迈尔斯拼命拉向怀中,一边朝着窗口窥探我们的幽灵声嘶力竭地叫喊:"别在那儿了,一切到此为止,到此为止!"

"她在这儿吗?"迈尔斯气喘吁吁地问道,边说边用他那双什么也没看见的眼睛盯着我说话的方向。他莫名其妙地冒出来的这个"她"让我吃了一惊,我也气喘吁吁地跟着重复了一遍。"杰塞尔小姐,杰塞尔小姐!"他突然怒气冲冲地回头对我说。

我虽有些茫然,但还是明白了他的猜测——他是受弗罗拉的影响。这样一来,我一心想要告诉他,目前事情还没有坏到那种地步。"那不是杰塞尔小姐!但是他就在那扇窗前——正对着我们。他在那儿——那个胆小的魔鬼,我敢说,这是他最后一次在这儿出现了!"

听了这话,他的头动了动,像一只迷惑的猎犬闻到了什么气味,接着是一阵狂乱而微弱的抽搐,仿佛是在争取阳光和空气。他脸色发白,满脸怒气,却又困惑不解,徒然地打量着那扇窗户,这时我发觉,魔鬼阴森的气息已像毒气一般弥漫了整个房间,成为巨大而恐怖的存在。迈尔斯问道:"是他吗?"

我下定决心要拿到所有的证据,于是我立刻变得冷若冰霜,继续追问道:"你说的'他'是指谁?"

"彼得·昆特——你这个坏蛋!"他的脸抽搐起来,他环视着四周，哀求道，"在哪儿？"

那声音至今仍回荡在我的耳畔，他彻底认了输，乖乖交出了这个名字，也是对我献身精神的致敬和赞赏。"现在他对你算得了什么呢，我的孩子？——以后他还有什么要紧？你是属于我的，"我又看向那幽灵，"而他已经永远失去了你！"这时，为了炫耀我的胜利，我对迈尔斯说："他在那儿，就在那儿！"

然而，迈尔斯全身抽搐不已，他睁大了眼睛死死地盯着那扇窗户，却只能看到宁静的天空。我为魔鬼的惨败而无比自豪，可他却备受打击，这时，他发出一声惨叫，那是一个生灵在即将堕入地狱的时刻才会发出的凄厉叫喊。我伸出双臂紧紧地抱住他，像是在他即将摔倒的时候扶住了他。是的，我抓住了他，拥抱着他——可以想见我是多么的心潮澎湃。可是，直到那最后一刻，我才意识到怀中抱着的是什么。在这寂静的日子里，我们终于得以独处，而他那颗小小的、被夺走的心脏，已经停止了跳动。

[全书完]

螺丝在拧紧

作者 _ [英] 亨利·詹姆斯　译者 _ 邹海仑

产品经理 _ 刘洪胜　　装帧设计 _ Domino　　产品总监 _ 黄圆苑
技术编辑 _ 陈皮　　责任印制 _ 刘淼　　出品人 _ 李静

鸣谢（排名不分先后）

王烨炜

果麦
www.guomai.cn

以 微 小 的 力 量 推 动 文 明

图书在版编目（CIP）数据

螺丝在拧紧 /（英）亨利·詹姆斯著；邹海仑译. — 西安：太白文艺出版社，2023.9
ISBN 978-7-5513-2443-4

Ⅰ.①螺… Ⅱ.①亨… ②邹… Ⅲ.①中篇小说－英国－近代 Ⅳ.①I561.44

中国国家版本馆CIP数据核字(2023)第160197号

螺丝在拧紧
LUOSI ZAI NINGJIN

著　　者	[英]亨利·詹姆斯
译　　者	邹海仑
责任编辑	强紫芳　汤阳
装帧设计	Domino
出版发行	太白文艺出版社
经　　销	新华书店
印　　刷	北京盛通印刷股份有限公司
开　　本	840mm×1092mm　1/32
字　　数	114千字
印　　张	6.5
版　　次	2023年9月第1版
印　　次	2023年9月第1次印刷
印　　数	1－3,000
书　　号	ISBN 978-7-5513-2443-4
定　　价	39.80元

版权所有 翻印必究
如有印装质量问题，可寄出版社印制部调换
联系电话：029-81206800
出版社地址：西安市曲江新区登高路1388号（邮编：710061）
营销中心电话：029-87277748　029-87217872